十五の花板

小料理のどか屋 人情帖27

倉阪鬼一郎

時代小説

二見時代小説文庫

十五の花板――小料理のどか屋人情帖27

目次

十五の花板《はないた》　小料理のどか屋 人情帖27・主な登場人物

時吉《とききち》……神田横山町《よこやまちょう》の、のどか屋の主《あるじ》。元は大和梨川藩《やまとなしがわはん》の侍・磯貝徳右衛門《いそがいとくえもん》。

千吉《せんきち》……時吉の長男。祖父の店で修業を積み、雇われではあるが縁あって花板《はないた》となる。

おちよ……時吉の女房。時吉の師匠で料理人の長吉の娘。

長吉《ちょうきち》……浅草は福井町でその名のとおり、長吉屋という料理屋を営む。時吉の師匠。

大橋季川《おおはしきせん》……季川は俳号。のどか屋の常連、おちよの俳句の師匠でもある。

信吉《しんきち》……房州の館山《たてやま》から長吉屋に料理の修業に来た若者。千吉の兄弟子《でし》。

安東満三郎《あんどうみつさぶろう》……隠密仕事をする黒四組《くろよんぐみ》のかしら。甘いものに目がない、のどか屋の常連。

万年平之助《まんねんへいのすけ》……安東配下の隠密廻り同心、「幽霊同心」とも呼ばれる。千吉と仲が良い。

信兵衛《しんべえ》……旅籠の元締め。消失したのどか屋を横山町の旅籠で再開するよう計らう。

おこう……信兵衛の旅籠を掛け持ちで働く娘。客に見初《みそ》められ板橋の茶見世に嫁入り。

およう……おこうの後釜として働くことになった、千吉と同じ歳の娘。

おせい……おようの母。夫、仁次郎《じんじろう》を亡くし、つまみかんざしの内職で生計をたてる。

与兵衛《よへえ》……長吉屋の常連の上野黒門町《うえのくろもんちょう》の薬種問屋・鶴屋《つるや》のあるじ。隠居となる。

お登勢《とせ》……与兵衛の後ろ盾で「紅葉屋《もみじや》」を再興することになった女料理人。

丈助《じょうすけ》……お登勢の息子。長吉屋で修業に入り父と同じ「丈吉」と呼ばれることになる。

第一章　松茸《まつたけ》と甘菊《あまぎく》の煮浸《にびた》し

一

「やっぱり茸《きのこ》は秋の恵みだねえ」

隠居の大橋季川《おおはしきせん》がそう言って、舞茸《まいたけ》の天麩羅《てんぷら》を口に運んだ。

「うちでも茸《きのこ》の炊き込みご飯は出したいですね」

力屋《ちからや》の信五郎《しんごろう》が隠居に酒を注《つ》ぐ。

横山町《よこやまちょう》の旅籠《はたご》付き小料理屋、のどか屋の二幕目だ。檜《ひのき》の一枚板の席に常連が陣取っている。

「今日のお昼は、ことのほかご好評でしたから」

おかみのおちよが笑みを浮かべた。

「お焦《こ》げの按配《あんばい》がちょうど良かったようです」

あるじの時吉《ときさち》が厨《くりや》から言った。

元は武家で、磯貝徳右衛門《いそがいとくえもん》と名乗っていた。深く思うところあって刀を捨て、包丁に持ち替えていつしか長い時が経った。

料理の師匠でもある長吉《ちょうきち》の娘のおちよと結ばれ、心がほっこりする料理をあまたのお客さんにお出ししてきた。神田三河町《かんだみかわちょう》と岩本町《いわもとちょう》、二度にわたって大火で焼け出されてしまったが、そのたびに歯を食いしばって立て直し、いまに至っている。

「釜《かま》からぷちぷちっと音が聞こえてきますからね」

力屋のあるじがそう言って、松茸の天麩羅に箸を伸ばす。

松茸、舞茸、平茸《ひらたけ》。どれもからりと揚がっている。

「うめえぞ、うめえぞ、って知らせるわけだ」

小上がりの座敷から声が飛んだ。

岩本町の湯屋のあるじの寅次《とらじ》だ。

「さぞ熱いだろうに、偉《えれ》えもんだな」

その隣から戯《ざ》れ言《ごと》を飛ばしたのは野菜の棒手振《ぼてふ》りの富八《とみはち》だ。湯屋のあるじといつも一緒に動いているから、岩本町の御神酒徳利《おみきどっくり》と呼ばれている。

座敷に供されているのも天麩羅だが、茸に富八が朝に届けたつややかな茄子も加わっている。天つゆにたっぷりの大根おろしと生姜、まさに口福の味だ。

「うちはとにかく飯だけ召し上がるお客さんが多いもので、なかなか凝ったものはつくれませんが、旬《しゅん》の茸の炊き込みご飯くらいは出しませんと」

力屋のあるじが言った。

馬喰町《ばくろちょう》の飯屋の力屋は、その名のとおり食せば力が出る料理を供する見世《みせ》だ。飯は大盛り。焼き魚や煮魚に加えて、芋の煮つけや青菜のお浸しや豆や具だくさんの味噌汁など、身の養いになるものがたんと出る。それでいて値が安いから、見世はいつも荷車引きや飛脚《ひきゃく》や駕籠《かご》屋など、体を使って汗をかく男たちでにぎわっていた。

朝が早いから、見世は早めにしまう。それに加えて、看板娘のおしのが時吉の弟子《でし》の為助《ためすけ》を婿《むこ》に迎えたため、先に上がってのどか屋へ向かうことができるようになった。

「だったら、千吉《せんきち》たちが舌だめしに来たら、そちらへ行かせましょう」

次の肴《さかな》をつくりながら、時吉が言った。

「うちなんかへ来たって、舌だめしになんかなりませんよ」

信五郎はあわてて手を振った。

「いや、千《せん》坊もいずれ見世をやることになるんだから、力屋さんの働きぶりを見るのは学びになると思うよ」

　隠居が横から言った。

「そのとおりで」

　時吉がうなずいた。

　のどか屋の跡取り息子の千吉《せんきち》は、早いもので年が明ければ十五になる（当時は数え）。いまは祖父のいとなむ長吉屋で修業中だ。午《うま》の日にかぎって、時吉も料理の指南役《なんやく》として長吉屋へ赴《おもむ》き、せがれを含めた若い料理人にさまざまな指南を行っている。

　千吉は長吉の孫でのどか屋の跡取り息子だから、折にふれて戻ることを許されていい。ただし、ほうぼうの名店を回って舌だめしをし、料理修業も積まなければならない。兄弟子《でし》の信吉《しんきち》と弟弟子の寅吉《とらきち》、仲のいい三人組で出かけ、帰りにのどか屋に寄ってまた長吉屋へ戻るのが常だった。

「上から下まで、まんべんなく修業をしなくっちゃね」

　湯屋のあるじが言った。

「それだと力屋さんが下みてえだよ」

　富八がすかさず言う。

「あ、そうか。そりゃすまねえ」

気のいい岩本町の名物男は髷《まげ》に手をやった。

「いやいや、番付に載るような料理屋さんに比べたら、うちなんて下《げ》の下《げ》ですから」

力屋のあるじは笑って答えた。

「縁の下の力持ちみたいな人たちに、力が出る料理をお出しするのが力屋さんですからね。……はい、あんたたちにもね」

おちよは待ちかねてみゃあみゃあないている猫たちにえさ皿を出した。

亡くなった初代のどかの娘のちのはもうだいぶ歳《とし》だが、足腰は弱ってきたものの達者《しゃ》に暮らしている。その娘のゆきと、せがれのしょうと小太郎《こたろう》。さらに、初代の生まれ変わりの二代目のどか。のどか屋には猫屋並みに猫がいる。

のどか屋の猫は福猫《ふくねこ》だと言われているから、子ができるたびにほうぼうへもらわれていく。おかげで猫縁者がずいぶん増えた。力屋にももとはのどか屋の猫だったぶちという猫がいる。

「お待たせいたしました」

時吉がまず一枚板の席に次の肴《さかな》を出した。

「ほほう、これは小粋《こいき》な肴が出たね」

隠居が目を細める。

「紅葉した秋の山みたいです」

力屋のあるじが感心したように言った。

松茸《まつたけ》と甘菊《あまぎく》の煮浸《にびた》しだ。

ただの菊はむろん苦くて食べられないが、食用の甘菊はお浸しや煮浸しなどに添えると料理が華やかになるし、独特の味を好む者も多い。かの俳聖芭蕉《はいせいばしょう》も甘菊を好んだらしい。

「上手《じょうず》な発句《ほっく》と付句《つけく》みたいな響き合い方だね。うまいよ」

季川が俳諧師《はいかいし》らしい感想をもらした。

「松茸と菊ってこんなに合うんですねえ」

信五郎も感に堪《た》えたように言った。

同じ肴は座敷にも出たが、こちらは天麩羅のほうが好みのようだった。

「やっぱり食いでがあったほうがいいやね」

湯屋のあるじがそう言って、松茸の天麩羅を口に運んだ。

「ああ、茄子の天麩羅はうめえな」

野菜の棒手振りはおのれが届けた茄子を食してご満悦《まんえつ》だ。

そのとき、表のほうで人の話し声がした。

「お客さんね」

おちよの顔がほころぶ。

呼び込みに出ていたおけいとおそめが、旅籠の客をつれて戻ってきたのだ。

二

のどか屋の旅籠には六つの部屋がある。

二階のいちばん奥は家族が使っているから、その並びに二部屋。通りに面したところに三部屋で合わせて五部屋だ。

残る一つは、一階の小料理屋の並びにあった。階段を上《のぼ》るのが難儀《なんぎ》な客もいれば、夜中に戸をたたいて泊まり部屋を所望《しょもう》するいささか迷惑な客もいる。そういう者のために一階はなるたけ空《あ》けておくことにしているのだが、帰るのが難儀だと言って隠居の季川が泊まることも多かった。

客は相州《そうしゅう》秦野《はだの》から江戸見物に来た三人組だった。見晴らしのいいほうが良かろうということで、二階の部屋を所望した。

「では、お荷物をお運びします」

おそめが手を伸ばした。

「あ、おそめちゃんはいいわよ」

おけいがあわてて言った。

「そうそう。重いものはわたしが手伝うから、おそめちゃんはお茶の支度をして」

おちよも言う。

「はい、分かりました」

おそめは素直に手を引っこめた。

「ひょっとして、おめでたかい？」

いちばん年かさの客が問う。

「ええ。お正月あたりに生まれます」

おそめは笑みを浮かべて帯に手をやった。

小間物問屋の美濃屋《みのや》の手代をつとめている多助《たすけ》とのあいだには長く子ができなかったのだが、のどか屋の客から紹介された本所《ほんじょ》の子授け如来《にょらい》に願《がん》を懸けたところ、めでたく子を身ごもった。次はあわただしくもにぎやかな新年になりそうだ。

「なら、動かねえほうがいいや」

「階段から落ちたりしたらまずいからよ」

あとの二人の客が言う。

「おれらは石燈籠《いしどうろう》をつくったりしてるから、重いものは持ち慣れてる。おのれの手で運ぶからいいぜ」

親方とおぼしい客はそう言うと、おけいの案内で二階へ向かった。

ともに大火のなかを逃げた縁で、のどか屋につとめはじめてもうかなりの時が経つ。旅籠の客はおけいに任せておけば安心だ。

「湯屋はいかがですかって言わなくていいんですかい？」

富八が寅次に問うた。

「おいらが言わなくったって、おけいちゃんが伝えてくれるさ」

岩本町の名物男は笑みを浮かべた。

寅次の言うとおりだった。

おけいは如才《じょさい》なく湯屋を勧めてくれたらしい。ついでに、「小菊《こぎく》」のことも伝えたようだから気が利く。

寅次の娘のおとせと、時吉の弟子の吉太郎《きちたろう》が切り盛りしている「小菊」は細工寿司《さいくずし》とおにぎりの名店だ。焼け出される前にのどか屋があったところにのれんを出した見世は常連たちに愛され、遠くから通《かよ》ってくる客もいる。

酒も出すから、湯上がりにはちょうどいい。細工寿司をつまみながら、一杯いかがでしょうとおけいが水を向けたところ、秦野の三人組はただちに乗ってきた。

「なら、ご案内しまさ」

寅次が上機嫌で言った。

「旅の垢《あか》を落とさねえとな」

「旅籠どころか、食う見世も湯屋も見つかったし」

客はほくほく顔だ。

「では、お気をつけて」

「行ってらっしゃいまし」

おちよとおそめの声がそろった。

三

呼び込みでやって来る客もいれば、向こうからのどか屋を訪れる常連客もいる。野《の》田《だ》の醤油《しょうゆ》づくり、花実屋《はなみや》のあるじの喜助《きすけ》と番頭の留吉《とめきち》もそうだった。

「またお世話になります。このたびは江戸の問屋さん廻りで」

喜助が腰を低くして言った。

「これはたまりの樽と名物の千吉焼きでございます」

留吉が手土産を差し出した。

「まあ、いつもありがたく存じます」

おちよが礼を言って受け取った。

「千吉焼きはまだ人気なのかい？」

一枚板の席から隠居がたずねた。

「ええ。わらべの顔をかたどった大きな醬油煎餅《せんべい》は、遠くからも買いに来るお客さまもいらっしゃいます」

「千吉坊ちゃんが野田で挙げた手柄《てがら》は、いまだに語り種《ぐさ》になっていますから」

花実屋の主従が答えた。

「その千坊は、とうとう十手《じって》持ちになったんだよ」

隠居が神棚に飾られているものを指さした。

「えっ、千吉坊ちゃんが？」

「何でまた、そんなことに」

客の顔に驚きの色が浮かぶ。

詳しく話せば長くなるところを、お茶を出してからおちよがかいつまんで手際《てぎわ》よく伝えた。

「なるほど、さすがは千吉坊ちゃんですね、旦那さま」

番頭があるじに言った。

「やはり、持って生まれたものがおありなんでしょうね。……おっ、おまえも達者だったか」

ひょこひょこと歩いてきた黒猫のしょうに、喜助が声をかけた。

しょうは醤油、ことに花実屋の醤油から取った名だから、因縁《いんねん》浅からぬものがある。

「うみゃ」

黒猫が短くないた。

「達者だったって言ってます」

おそめが笑みを浮かべた。

「料理屋の猫は食うものに困らなくていいな」

喜助が笑みを浮かべる。

「千吉坊ちゃんはお元気で？」

番頭がおちよにたずねた。

「ええ。お祖父さんの長吉屋で気張《きば》って修業しています」

おちよは笑顔で答えた。

「足のほうはいかがですか？」

今度はあるじが問う。

「おかげさまで、すっかり良くなって、普通に走ったりできるようになりました」

千吉は生まれつき左足が曲がっていてずいぶんと案じられたが、千住《せんじゅ》の名倉《なぐら》の骨接《ほねつ》ぎが添え木のような道具をつくってくれたおかげでだんだんにまっすぐになっていった。花実屋と知り合った頃は療治《りょうじ》を始めて間もなかったから、のどか屋に来るたびに気にかけてくれる。

その後は、おそめのおめでたの話になった。

「それはそれは、おめでたいことで」

「そうと分かっていたら、お祝いを持ってまいりましたのに」

花実屋の主従がおそめに言った。

「ありがたく存じます。お気持ちだけ嬉しく頂戴しますので」

おそめは如才なく答えた。

ほどなく、野田の醬油づくりの二人はさっそくあきないに出ていった。どこをどう廻るか、絵図面は頭の中に入っている。せっかく江戸へ出てきたのだから、この先のあきないを揺るぎないものにしなければならない。柔和ながらも、花実屋の主従の顔つきはどこか引き締まっていた。

それと入れ替わるように、常連がのれんをくぐってきた。

旅籠の元締めの信兵衛《しんべえ》だ。

「どこかへ寄ってきたのかい？」

隠居がたずねた。

「ええ。巴屋《ともえや》で長々と話しこんでいたもので。おめでたい話がありましてね」

信兵衛は笑みを浮かべて答えた。

「と言うと？」

隠居が問う。

「おめでたい話ですか」

おちよも加わってきた。

信兵衛は一つ間《ま》を置いてから告げた。

「おこうちゃんがお客さんに見初《みそ》められて、嫁入りすることになったんです」

四

めでたいことは続くものだ。

おそめがややこを身ごもったかと思えば、今度はおこうの嫁入りが決まったらしい。

元締めの信兵衛は、のどか屋のほかにもこの界隈《かいわい》に旅籠をいくつか持っている。すぐ近くには、内湯が売り物の大松屋《おおまつや》がある。跡取り息子の升造《ますぞう》は千吉の幼なじみだ。

おこうはそれぞれの旅籠を掛け持ちで、手が足りないところを助ける役どころだった。むろん、のどか屋のつとめもたくさんこなしてきた。

「お相手はどんな方です？」

おちよがたずねた。

「中山道《なかせんどう》の板橋宿《いたばししゅく》の仲宿《なかしゅく》で親子二代の茶見世《ちゃみせ》をいとなんでいる跡取り息子だそうだよ」

元締めは答えた。

「じゃあ、茶見世のおかみさんね、おこうちゃん」

おけいが笑みを浮かべた。

「良かったわ、ほんとに」

おそめがわがことのように喜んだ。

「そのうち、お祝いをしないとね」

隠居が水を向けた。

「向こうでそういう話をしていたんですよ」

信兵衛が笑みを浮かべた。

「なら、貸し切りで宴《うたげ》ですね」

力屋のあるじが言った。

「おこうちゃんはいつから茶見世に？」

おちよが元締めにたずねた。

「巴屋の後釜が見つかれば、すぐにでも板橋へ行けるんだがね。今日も口入れ屋へ寄ってきたから、そのうちいい人が見つかるだろうよ」

信兵衛は答えた。

「わたしもじきにつとめられなくなってしまうのに、悪いですね、元締めさん」

おそめが帯に手をやった。

「なんの。人は見つかるから、ややこを産むことだけ思案していればいいよ」

信兵衛が温顔《おんがん》で言った。

ここで料理が出た。

風味豊かな茸の茶碗蒸しだ。松茸、椎茸、平茸の三種を用い、銀杏《ぎんなん》や花麩《はなふ》や三つ葉などを加えている。玉子汁を一度漉《こ》してなめらかにしてから蒸しているため、まさにとろけるような仕上がりだ。

それを食しながら、おこうが見初《みそ》められたいきさつを元締めは事細かに伝えた。

たまたま呼び込みで巴屋に来た茶見世の跡取り息子がおこうを見初め、無理やり用をつくって再び巴屋に泊まり、三度目に親を伴ってぜひとも嫁にと切り出した。

おこうはだいぶ驚いたようだが、跡取り息子に悪い感じはいささかも抱いていなかったから、これも縁だと思って受けることにした。息子ばかりか、親もすっかりおこうを気に入ったようで、すぐにでも茶見世に来てもらいたいという気の入れようらしい。

「これまでも、気安く声をかける男はたくさんいたけれども、そういった遊び半分のやつとは明らかに違っていたらしい」

信兵衛は言った。

「それは何よりですね」

おけいがうなずいた。

「多助さんと出会ったときのことを思い出します」

おそめが笑みを浮かべる。

「今回も良縁のようだね。何よりだよ」

隠居がそう言って、力屋のあるじが注いだ酒を呑み干した。

「板橋宿の老舗《しにせ》の茶見世なら、この先も繁盛するでしょう」

信五郎が言う。

「それはもう。あ、そういえば、板橋宿ってまだ行ったことがないかも」

おちよがふとあごに手をやった。

「実は、わたしもないな」

時吉も言う。

「えっ、時さんもかい」

隠居の顔に驚きの色が浮かぶ。

「江戸《えど》四宿《ししゅく》のうち、品川《しながわ》と千住《せんじゅ》は何度も行っていますし、内藤新宿《ないとうしんじゅく》も縁がありましたが、板橋はなぜかなかったですね」

時吉は言った。

内藤新宿との縁とは、近くの柏木《かしわぎ》村の造り酒屋、武蔵屋《むさしや》に振りかかった難儀を救った一件だ。武蔵屋の銘酒、江戸誉《えどほまれ》はいまものどか屋に届けられている。

「なら、折を見て、おこうちゃんの茶見世へみなで行きましょうよ」

おちよが乗り気で言った。

「宿場にはうまいものが付き物だから、千吉の学びにもなるかもしれないな」

時吉が答えた。

「一日くらいでしたら、留守は預かれますので」

おけいが言う。

「長さんのところから助っ人に来てもらえばいいよ。この先が何かと楽しみだね」

隠居の白い眉がやんわりと下がった。

第二章　宇治《うじ》焼《や》きと紅白《こうはく》蕎麦《そば》

一

　次の午の日――。

　のどか屋の時吉の姿は長吉屋にあった。

　必ず「吉」名乗りをする長吉の弟子は、江戸ばかりか日の本《ひのもと》じゅうにいる。料理の修業をするなら、浅草《あさくさ》の長吉屋へ――そんな評判が立って久しいから、料理人を志す若い者が次々に来て厨に入り、修業を積んで巣立っていった。

　そんな長吉も、若い弟子を亡くしたりして気落ちして、一時《いっとき》は気が弱くなってもう弟子は取らないと言いだした。

　それがまた旧に復し、いまは新たな弟子を取って、その働きぶりに目を光らせている。

これにはわけがあった。

昨年の暮れ、長吉の身に思わぬ難儀が降りかかってきた。文化文政《ぶんかぶんせい》のころとは違い、天保《てんぽう》の世は一に倹約、二に倹約でよろずに息が詰まる。昔は民の楽しみだった素人落語《しろうとらくご》や娘義太夫《むすめぎだゆう》などが禁じられ、料理もいたずらに華美なものはまかりならぬというお達しが出た。

これに長吉屋が引っかかってしまった。

お忍びで見世に来ていた役人から、祝いごとの料理に待ったがかかった。もともと気があまり長くない長吉は、頭の固い役人に思わず言い返してしまったからたまらない。いったんはのれんのお取り上げもという危地に陥ったが、居合わせた時吉が必死にかばって、どうにか半年間の江戸十里四方所払《ところばら》いの罰で済んだ。

さしもの長吉も当初はしょげていたが、これを期に西国《さいごく》の札所巡りをすることにした。すると、ご利益があったのかどうか、さんざん案じていた身内の心配もよそに、妙にさっぱりとした顔で江戸に戻ってきた。思うところあって、目の黒いうちは料理人として働き、弟子も育てると気力を取り戻してくれたから、周りはこぞってほっとした。禍《わざわい》転じて福となしたのだ。

「同じ松茸を焼くのでも、切り方によって焼き加減が違ってくる」

時吉が手を動かしながら言った。

若い料理人たちがじっとその手元を見る。みな真剣なまなざしだ。

そのなかには、のどか屋の跡取り息子の千吉の姿もあった。

兄弟子《でし》の信吉と弟弟子の寅吉、同じ長屋で仲のいい三人組がそろっている。

「この大きな笠のところを焼くには、どちらから焼けばいい？」

時吉がいちばん若い弟子にたずねた。

「んーと、外から」

潮来《いたこ》生まれの寅吉が少し迷ってから答えた。

「いや、内側からだべ。そっちのほうが火が通りにくいから」

房州《ぼうしゅう》から来た信吉がすかさず言った。

「わたしも内側からで」

千吉が手を挙げる。

「そうだな。内側から焼いて火を通してから、笠の表をぱりっとさせる。そして、内側がまだじゅうっと音を立てているうちにお出しするんだ」

時吉はそう指南した。

「それは口が喜びそうですね」

そう口を開いたのは女料理人のお登勢《とせ》だった。

品川《しながわ》で長く紅葉屋《もみじや》という料理屋をいとなんでいたが、よんどころないいきさつでののれんを下ろさざるをえなくなった。その後、紆余曲折《うよきょくせつ》があって、来年には新たな後ろ盾のもとに紅葉屋を再興する段取りになっている。

ただし、一人でおかみと料理人を兼ねるのは荷が重い。跡取り息子の丈助《じょうすけ》はまだ九つだから頼りにはならない。

そこで、若い料理人を紅葉屋の花板《はないた》にするという案が出た。大きな見世ではないから、それならどうにかなる。

その花板として白羽の矢が立ったのが、のどか屋の跡取り息子の千吉だった。のどか屋にも顔を出さなければならないから、そのときは兄弟子の信吉が紅葉屋の厨に入るという話になっている。

丈助は来年数えで十になるので、いささか若いが長吉屋で修業を始めることになった。丈助が一人前になるまでのつなぎだが、花板に変わりはない。大役が決まっている千吉はいい面構《つらがま》えをしていた。

「ほかの切り方はどうでしょう、師匠」

その千吉が訊いた。

「半割りのときは、切った面から近火で焼く。そちらのほうから水が逃げるから、その道をふさいでやれば、うまい汁が中に封じこめられる。逆から焼いたら、せっかくのうま味を水気と一緒に逃がしてしまうわけだ」

時吉の講釈を聞いて、お登勢が大きくうなずいた。

その後は弟子の切り方を見ながら指南した。

「松茸は牙《きば》を剝《む》いたりしないから、そんなへっぴり腰じゃ駄目だぞ」

戯《ざ》れ言《ごと》まじりに若い料理人をたしなめる。

焼きも一人ずつやらせてみた。しくじりがたくさん出てしまうが、それはまかないにすればいい。今日のまかないは松茸雑炊になった。

「よし、今日はここまで。あとはおのれでよく稽古しておくように」

時吉はそう申し渡した。

「ありがたく存じました」

若い弟子たちの声がそろった。

二

「おう、板場を代わってくれ」

長吉が時吉に言った。

「承知しました」

指南を終えた時吉はすぐさま厨に入った。

「やる気は戻ったんだが、寄る年波には勝てねえや。長く立ってると腰が痛《いて》え」

古参の料理人は腰に手をやった。

「休み休みやってくださいよ」

そう声をかけたのは、元締めの信兵衛だった。

おこうの代わりになる娘を入れるために、口入れ屋へ寄った帰りらしい。すぐには決まらなかったが、そのうち見つかりそうだという話だった。

「ああ、そうしまさ」

長吉は軽く右手を挙げ、奥へ下がっていった。

おこうが客に見初められて嫁入りする話は、さきほど時吉が千吉に伝えた。

「わあ、それはおめでたいことで」

千吉は満面に笑みを浮かべた。

「そのうち祝いの宴をやるから、おまえも手伝いに来い」

「うんっ」

千吉はわらべに戻ったような表情で答えた。

ほどなく、新たな客がのれんをくぐってきた。

「おや、鶴屋《つるや》さん」

信兵衛が声をかけた。

「ご無沙汰で」

そう答えたのは、上野黒門町《うえのくろもんちょう》の薬種問屋、鶴屋のあるじの与兵衛《よへえ》だった。来年、跡取り息子にあるじの座を譲ることに決まっている与兵衛は、いつものように若い手代《てだい》を伴って姿を現した。

「お登勢を呼びましょうか」

厨に入った時吉がたずねた。

長吉屋の一枚板の厨には花板が立ち、若い料理人が修業のためにともにつとめることになっている。ほかの座敷の客に供する料理は、奥の広い厨でつくる。

「手が空いていたらでいいよ」

与兵衛は軽く右手を挙げた。

「では、呼んできます」

それまでともにつとめていた若い椀方《わんかた》の重吉《じゅうきち》がすぐさま動いた。

ややあって、お登勢と千吉が顔を見せた。

「なんだ、おまえも来たのか」

時吉は千吉に言った。

「でも、鶴屋さんのお見世の花板になるんだから」

いささか不満げに千吉は答えた。

「ああ、いいよ。二人で修業しておくれ」

与兵衛は温顔で言った。

隠居したあかつきには、近くに隠れ家のような小料理屋を構え、家主兼常連となるという絵図面をかねてより描いていた。お登勢が紅葉屋を再興したいと念願しているという話を聞いて、それならと手を挙げ、そこから千吉が花板になる段取りまでとんとんと決まった。

すでに見世のあたりはついている。来年の夏ごろには、品川の名店紅葉屋は上野で再興される手筈になっていた。

「では、しめ鯖《さば》の辛子《からし》和《あ》えを仕上げてくれ。あとは酢洗いをして切って、溶《と》き辛子で和えるだけだ」

時吉はお登勢に言った。

「承知しました」

娘時分に「味くらべ」で戦ったことがある女料理人が引き締まった顔つきでさっそく手を動かしだした。

「わたしは何をやりましょうか、師匠」

千吉が訊いた。

「まずはお客さんに訊きなさい。下ごしらえをしてもらいたいものもあるが」

時吉は答えた。

「何をおつくりいたしましょう」

千吉は一枚板の席の客にたずねた。

「秋刀魚《さんま》は入ってるかい？」

信兵衛が問うた。

「えーと……」

千吉は時吉の顔を見た。

「入っております」

時吉が代わりに答えた。

「なら、塩焼きで頼むよ。長屋で食べるような料理で申し訳ないが、急に食べたくなったものでね」

元締めは笑みを浮かべた。

「では、わたしも。そう言われると食べたくなったよ」

鶴屋の与兵衛が言った。

「承知しました」

千吉はぺこりと頭を下げた。

「お待ちどおさまです」

お登勢がまずしめ鯖の辛子和えを出した。

「手が下から出ているね」

与兵衛がそう言って受け取った。

料理は必ず下から出さねばならない。間違っても「どうだ、食え」とばかりに上から出してはならない。

数ある長吉の教えのなかでも、いちばん大事なのがこの出し方の心得だった。長吉から時吉へ、さらに千吉やお登勢へ。教えはたしかに受け継がれている。

「はい。これだけはしっかり守りませんと」

お登勢は笑みを浮かべた。

千吉が秋刀魚を焼きはじめた。団扇《うちわ》を巧みに使い、煙を逃がしながらこんがりと焼いていく。

「いつのまにか、いい面構えになってきたねえ」

信兵衛が感心の面持ちで言った。

「来年はもう十五だからな」

本厨《ほんくりや》から助《すけ》っ人《と》を頼まれた祝いごとの料理をつくりながら、時吉が言った。

「十五の花板か」

与兵衛がそう言って、しめ鯖の辛子和えに箸《はし》を伸ばした。

「新たにのれんを出す紅葉屋は、ずいぶんと繁盛するかもしれませんね」

信兵衛が鶴屋のあるじに言う。

「隠居したらわたしの隠《かく》れ処《が》にするつもりだったのに、繁盛しすぎて入れなくなったりしたら困るねえ」

半ば戯《ざ》れ言《ごと》めかして、与兵衛が言った。

「そのときはまたこちらへ来ればよろしゅうございましょう」

手代が邪気《じゃき》のない声で言う。

「それはそうだが、せっかくのわたしの夢なんだからな」

与兵衛が苦笑いを浮かべた。

まもなく秋刀魚が焼きあがった。

大根おろしはお登勢が受け持ち、醤油をかけてたっぷり添える。

「お待ちどおさまでした」

今度は千吉が皿を下から出した。

「お待ちどおさまです」

お登勢も続く。

「取り皿をくれるかな」

与兵衛がそう言うと、手代の瞳が輝いた。お相伴《しょうばん》に与《あずか》れるからだ。

「秋はやっぱりこれだね」

元締めの顔がほころぶ。

「さようですね。……ほら、これくらい食べなさい」

与兵衛は器用に秋刀魚の身をほぐして手代に分けてやった。

「ありがたく存じます」

手代が頭を下げる。

時吉の料理も佳境に入っていた。

南瓜《かぼちゃ》の印籠煮《いんろうに》だ。

小ぶりの南瓜をくりぬいてわたを取り出し、まず固めに茹でておく。ここに芝海老《しばえび》をたたいて粉をはたき、塩胡椒《しおこしょう》などで味を調えたものを詰める。しかるのちに、紙蓋をし、だし汁でじっくりと煮る。味もさることながら、見た目も楽しめるひと品だ。

去年、長吉がおとがめを受けたから、むやみに派手な姿造りなどは控えている。さりながら、祝いごとの料理には華《はな》も要《い》る。そこで、時吉が書《ふみ》を繙《ひもと》きながら思案した料理だった。

茹であがったら粗熱《あらねつ》を取り、客の目の前で切り分けてお出しする。これも料理人の晴れ舞台だ。

「そろそろ頃合いだが、やってみるか?」

時吉は千吉に水を向けた。

「えっ? でも、わたしがつくったわけじゃないから」

千吉は尻込みをした。

「場数《ばかず》をこなさないと花板にはなれないよ」

元締めが言う。

「では、わたしも一緒に」

お登勢が加勢を買って出た。

その甲斐あって、印籠煮を切り分ける板前の舞台は上々《じょうじょう》の出来だった。

「……どうぞごゆっくり」

最後に千吉が声を高くして言うと、客に笑顔の花が咲いた。

三

「そうかい。気張って修業してるんだな、千坊は」

時吉から印籠煮を切り分けた話を聞いた安東満三郎《あんどうみつさぶろう》が笑みを浮かべた。

翌日ののどか屋の二幕目だ。

「来年の半ばから紅葉屋の花板になることが決まっているもので、気が入っているようです」

肴をつくりながら、時吉が言った。

「だんだんいっちょまえの板前の顔になってきたからな」

その隣で、万年平之助《まんねんへいのすけ》同心が言った。

安東満三郎は黒四組《くろよんぐみ》のかしらで、万年同心は江戸を縄張りとするその手下だ。

将軍の履き物や荷物を運ぶのが主たるつとめの黒鍬《くろくわ》の者は三組まであるが、人知れず四組目が設けられていた。黒鍬の者の四組目を約《つづ》めて黒四組だ。

世に知られない黒四組のつとめは、日の本を股にかけた隠密仕事と悪者退治だ。これまであまたの悪党どもをお縄にしてきた少数精鋭の黒四組の面々が、縁あって江戸の根城《ねじろ》にしているのがのどか屋だった。

「おこうちゃんの宴で腕をふるうのを楽しみにしているそうですよ」

おちよが元締めに言った。

「そりゃ楽しみだ」

信兵衛は隣の隠居が注いだ猪口《ちょく》の酒を呑み干した。

一枚板の席に四人が並んで座っている。座敷は最前《さいぜん》まで左官衆が遅い昼を食べていたが、いまは空いていて猫たちが野放図に伸びている。

昼の膳に供したのは栗《くり》ご飯だ。

いい栗がふんだんに入ったので、二幕目にも残るように多めに炊いておいたのが功を奏した。

「昼にあぶれちまうかと思ったら、のどか屋へ来て良かったぜ」

「残り物に福があったなあ」

「塩加減もちょうどいいや」

左官衆は上機嫌で栗ご飯を平らげていた。

「はい、いつものでで」

時吉があんみつ隠密に皿を出した。

「おう」

黒四組のかしらが受け取る。

油揚げの甘煮《あまに》。通称、あんみつ煮だ。

名前を約めると「あんみつ」になるせいでもあるまいが、この御仁《ごじん》、とにかく甘いものに目がない。甘ければ甘いほど好みで、甘いものさえあればいくらでも酒が呑めるというのだから、よほど変わった舌の持ち主だ。

「うん、甘《あめ》え」

食すなり、いつもの台詞《せりふ》が飛び出す。

「万年さまには、いま渋い肴をおつくりしますので」

時吉が言った。

「おう、甘くねえのを頼む」

万年同心が答えた。

上役とは違って、こちらはなかなかに侮《あなど》れない舌の持ち主だ。

「韋駄天《いだてん》さんなどはよそでお働きに?」

おちよがたずねた。

「おう、韋駄天は大坂《おおさか》から街道筋を駆け回ってるはずだ」

黒四組のかしらはそう答えて、またうまそうにあんみつ煮を胃の腑に落とした。

韋駄天とは井達天之助《いだてあまのすけ》、黒四組のつなぎ役を一手に引き受けている脚自慢だ。名を約《つづ》めれば「いだてん」になるのはいささか出来過ぎだが、日の本を股にかけた悪党を追うためには欠かせぬ若者だ。

「大坂のほうで何かあったんですか?」

隠居が問う。

「派手な押し込みがあってな。どうやら、おれらも長年追ってた野分《のわけ》の銀次《ぎんじ》っていう盗賊のしわざらしい」

あんみつ隠密は苦々しい顔つきになった。

「旦那がたが長年追って捕まらなかった盗賊なら、ずいぶんと骨がありますな」

元締めが言う。

「盗賊をほめちゃいけないよ、信兵衛さん」

隠居がすかさず言った。

「ああ、そりゃそうだ」

と、信兵衛。

「たしかに、骨がありやがる」

あんみつ隠密はそう言って、猪口の酒を呑み干した。

「わっと押し込みをやったら、その足で遠方まで逃げ、堅気《かたぎ》のつらをしてなりを潜《ひそ》めるのが野分の銀次のやり方だ」

「わっと嵐みてえに襲ってくるから野分っていう名がついたんで」

万年同心が言い添えた。

「なら、江戸まで逃げて、何食わぬ顔で過ごしているかもしれませんね」

おちよが眉をひそめる。

「そのとおりよ。似面《にづら》も回ってねえから、手の打ちようがなくってよ」

安東満三郎は苦々《にがにが》しい顔つきになった。

「のどか屋へ来たら、親子の十手の勘ばたらきで分かるんじゃないかねぇ」

隠居が神棚を指さした。

まだ一度も使われていない、のどか屋の親子に託された黒四組の十手だ。いざ捕り物となれば、日の本の用心棒と称されるようになった室口源左衛門《むろぐちげんざえもん》も力を発揮する。

「もし来たら頼むぜ」

あんみつ隠密は渋く笑った。

ここで肴ができた。

鮑《あわび》の宇治《うじ》焼《や》きだ。

塩水で洗って半分に切った鮑の身を、まず味噌にさっと漬けこむ。

取り出したら、薄く切り目を入れ、金串を打って焼く。

火が通るにつれて、切り目の入った鮑がだんだんに開いていく。

そこで、抹茶《まっちゃ》を振れば、風味豊かな宇治焼きの出来上がりだ。抹茶を使うところからその名がついた、通《つう》好みの肴だ。

「こりゃあ、さすがだな」

万年同心が満足げに言った。

「年季《ねんき》の入った料理人がつくる肴だね」

隠居も和す。

「うまそうだが、抹茶は苦えや。おれの分は味醂《みりん》と砂糖をかけてくれるか」

安東満三郎が言った。

「それだと宇治焼きじゃないですよ、かしら」

「なら、あんみつ焼きでいいや」

黒四組のかしらがそう言ったから、万年同心はうへえという顔つきになった。

四

おこうの宴の日が来た。

二幕目からは貸し切りで、みなで若い二人の門出《かどで》を祝うことになった。

おこうを見初めた茶見世の跡取り息子は大助《だいすけ》という名だった。

「お世話になります」

そうあいさつして小気味よく頭を下げた若者を見て、おちよは「ああ、これなら」と安堵した。茶見世のあるじがつとまるかどうか、声の調子と目の光を見ればおおよそ分かる。

「このたびは、おめでたく存じます。まずはお席へ」

おちよは身ぶりをまじえて言った。

構えた祝言ではないから、おこうもべつに綿帽子などはかぶっていない。控えめな小袖だが、桃割れの髷に挿《さ》した桜の簪《かんざし》もあいまって、清々《すがすが》しい風が吹いてくるかのようないでたちだった。

「世話になります。こちらに泊まるのを楽しみにしてきました」

大助の父の甚五郎《じんごろう》が言った。

「のどか屋さんに泊まったお客さんがいて、豆腐飯がおいしかったとおっしゃっていましたので」

おかみのおみよも如才なく言う。

「まあ、さようでしたか。朝は必ず名物の豆腐飯《とうふめし》をお出ししておりますので」

おちよが笑顔で答えた。

大助とおこうが並び、甚五郎とおみよが横に座る。あとはおこうの父親待ちだ。

厨では時吉とともに千吉がねじり鉢巻きで鯛《たい》を焼いていた。祝いごとだから、ひときわ気の入った顔つきだ。

「そろそろ信兵衛さんたちが来る頃合いかねえ」

一枚板の席で所在なさげに呑んでいた隠居が言った。

「そうですね。今日は大松屋さん、巴屋さん、それに、いちばん遠い善屋《ぜんや》さんまで見えることになっていますから」

厨で蕎麦を打ちながら、時吉が言った。

ただの蕎麦ではない。御膳粉《ごぜんこ》を使った真っ白な蕎麦と、紅粉で色をつけた紅い蕎麦。

祝いの席にふさわしい紅白蕎麦だ。

「おこうちゃんは掛け持ちだったからね」

古参のおけいが言う。

「ほんと、おめでたいことで」

少しずつおなかが目立つようになってきたおそめも声をかけた。

「みゃあ」

おのれに言われたと思ったのかどうか、ゆきが返事をしたから笑いがわく。

ほどなく、表から話し声が響いてきた。

「来たね」

隠居が笑みを浮かべた。

「遅くなりました」

元締めの信兵衛が、三軒の旅籠のあるじをつれて入ってきた。

五

いちばん近い大松屋のあるじは升太郎《ますたろう》。千吉の幼なじみの升造の父だ。

次に近い巴屋のあるじの松三郎《まつさぶろう》、そしてもう一軒、浅草の下谷《したや》寄りの閑静なところにある善屋のあるじの善蔵《ぜんぞう》も顔を出してくれた。升太郎は家族ぐるみの付き合いだが、松三郎と善蔵はめったに来ない。

「このたびはお世話になります」

「われわれはどこに座ればよろしいでしょう」

巴屋と善屋のあるじがたずねた。

「五人は座れないから、信兵衛さんは立会役だね」

隠居が言った。

「承知しました。固めの盃くらいでしたら喜んで」

元締めがそう言って座敷に上がった。

「遅いわねえ、おとっつぁん」

おこうが少し案じ顔になった。

おこうの父は熊吉《くまきち》という。母はおこうがまだ小さい頃にはやり病で亡くなってしまった。それ以来、植木職人をしながら男手一つでおこうを育ててきた。このたびの嫁入りはことのほか喜んでいるという話だったが、その肝心な父が来ない。

「固めの盃はみなそろってからということで、まずはおめでたい鯛の焼きものを」

時吉がそう言って、鯛を載せた白木の三方《さんぼう》を座敷に運んだ。

「お待たせいたしました」

千吉も運ぶ。

「こちらは、お皿で恐縮です」

そう断って、一枚板の席にも出した。

「三方に載せたら、高くなりすぎるからね」

隠居が笑みを浮かべる。

大松屋はともかく、巴屋と善屋のあるじは初めこそいささか据わりの悪そうな顔つきだったが、隠居から注がれた酒を呑み干すと、だんだんに口がほぐれてきた。

「ご隠居さんは毎日こちらへ来てらっしゃるんですか？」

巴屋の松三郎がたずねた。

「一枚板の置物と言われてるくらいだからね」

隠居が答えた。

「それはそれは、立派な置物で」

善屋の善蔵が楽しそうに笑ったとき、ばたばたと足音が響き、男が一人急ぎ足で入ってきた。

「遅くなって相済みません」

そう言って頭を下げたのは、おこうの父の熊吉だった。

「ちょいと墓参りに行ってたもんで、遅れてすまねえこって。こいつの父親の熊吉で」

おこうのほうを手で示し、熊吉は腰を低くして言った。

「まあまあ、お上がりください」

立会役の信兵衛が言った。

それぞれの紹介が終わり、席に腰を下ろすと、熊吉はふところを探って手ぬぐいを取り出した。

開く。

中から現れたのは、一枚の櫛《くし》だった。

「それは、おっかさんの？」

おこうが目をしばたたいた。

「ああ。あいつにも晴れの姿を見せてやろうと思ってな」

熊吉は渋く笑った。

「きっと喜んでおられますよ」

「どうか息子をよしなに」

板橋宿の茶見世の夫婦が感慨深げな面持ちで言った。

六

固めの盃が滞《とどこお》りなく終わると、宴の場に料理が次々に運ばれてきた。

「栗入りのお赤飯《せきはん》でございます」

おちよが飯台ごと運んできた。

「わあ、おいしそう」

おこうの瞳が輝く。

「なら、取り分けよう」

大助がさっそく手を動かした。

「お椀もお持ちしました」

おけいとおそめが盆を運んできた。

紅白のねじり蒲鉾《かまぼこ》や椎茸《しいたけ》や三つ葉などが入った澄《す》まし汁だ。

「刺身の大皿もいま上がります」

時吉が厨から言った。

「はいよ」

おちよが小気味よく動く。

「ちょっと、邪魔よ」

足元にまとわりつく二匹の雄猫、しょうと小太郎に声をかけてどかせてから、鯛の姿造りに烏賊《いか》や秋刀魚などを加えた大皿を運ぶ。

「天麩羅、どんどん揚げてますので」

菜箸《さいばし》を動かしながら、千吉が言った。

「あれは跡取り息子さん？」

大助がおこうに小声でたずねた。

「ええ。千吉ちゃんで」

おこうが答えた。

「そのうち、うちも三代目ができるだろうな」

板橋宿の茶見世のあるじが言った。

「早く孫の顔が見たいわね」

おかみも笑顔で和す。

おこうは少し顔を赤らめてうなずいた。

「なんにせよ、めでたいことで」

信兵衛がおこうの父に酒を注いだ。

「ありがてえこって」

熊吉がくいと呑み干す。

「こちらにも来てくださいましな」

「団子の茶見世と言やあ、すぐ分かりますので」

思いがけなく縁者となった夫婦が言った。

「なら、孫の顔を見に行きまさ」

おこうの父がそう言ったので、座敷に和気が満ちた。

「はい、お待ちどおさまで」

千吉が天麩羅を運んできた。

松茸に舞茸に平茸、とりどりの茸に加えて、見事な尾の海老や甘藷《かんしょ》や蓮根《れんこん》など、目移りするほど華やかな盛り合わせだ。

「天つゆとたっぷりの大根おろしで召し上がってくださいまし」

おちよが盆を運んできた。

「こちらは小ぶりの皿で」

時吉が一枚板の席に天麩羅を出す。

「小ぶりでも充分に豪勢だよ」

と、隠居。

「うちも厨をつくり直して朝の膳を出そうかと思案してるんですよ」

善屋のあるじが言った。

「さようですか。豆腐飯なら、いつでもお教えしますので」

時吉はすぐさま答えた。

「そりゃあ、いいね。大松屋さんと巴屋さんもどうだい」

隠居が水を向けた。

「うちはすぐ近くにのどか屋さんがありますから、とてもとても」

大松屋の升太郎が手を振る。

「大松屋さんには内湯もありますからね」

おけいが言った。

「そうそう。べつの売り物で押したほうがよろしかろうと」

「うちも厨の造りが向いていないので、旅籠だけですな」

巴屋の松三郎がそう言って、海老の天麩羅をうまそうにほおばった。

「なら、いずれわたしかせがれが修業に来させていただきますので」

善屋のあるじが頭を下げた。

「いつでもお越しくださいまし」

時吉は笑顔で答えた。

七

宴もたけなわになった。

ほうぼうから酒を注がれた大助はすっかり赤い顔になった。

「今日はつぶれても旅籠ですから」

父親の甚五郎も上機嫌だ。

「お料理がどれもおいしくて、もうおなかいっぱいで」

母のおみよが帯をさする。

「では、仕上げに餡巻《あんま》きをどうぞ」

おちよが甘いものを運んできた。

千吉が得意にしている餡巻きだ。

「紅白蕎麦で終わりかと思ったら、これでもかというくらいに品が来るね」

元締めが笑みを浮かべる。

「なら、今日は構えた祝言じゃないから、信兵衛さんが締めのあいさつだね」

隠居が声をかけた。

「えっ、わたしですか」

信兵衛がおのれの胸を指さした。

「締めは元締めで」

「うまいことを言うね」

「おこうちゃんの親代わりだったんだから」

旅籠のあるじたちが口々に言った。

「では、僭越《せんえつ》ながら……こほん」

元締めは咳払いをしてから続けた。

「おこうちゃんには、わたしの旅籠のうち手が足りないところに入ってもらって、本当によく気張ってくれました。まあ言ってみれば、ほうぼうの旅籠へ福を届けてもらってくれていたようなものです」

信兵衛はいくらか赤くなった顔で言った。

「そうだね」

隠居が合いの手を入れる。

こちらもいい出来上がり具合だ。

「で、その福のおすそ分け、と言ったら妙かもしれませんが、大助さんがおこうちゃんを見初めて、これからは板橋宿の茶見世の若夫婦としてやっていくことになりました。どうか体に気をつけて、旅の人たちにどしどし福のおすそ分けをしてやってくださいまし。えー、本日はまことにおめでたく存じました」

元締めはあいさつをまとめて頭を下げた。

「さすがは元締め」

「おこうちゃんの代わりも早く見つけてくださいよ」

「頼りにしてます」

旅籠のあるじたちから声が飛ぶ。

「近々、見つかるはずなので。おそめちゃんもおめでたが近いし」

信兵衛はおそめのほうを手で示した。

「どうかよしなに」

おそめが笑顔で答えた。

「では、本当の締めは……ご隠居の発句で」

信兵衛はやや大仰《おおぎょう》なしぐさで季川のほうに手を向けた。

「はは、やっぱり来たか」

隠居は苦笑いを浮かべた。

「いささか酔ってしまったから、浮かぶかどうか、はて……」

季川が首をひねる。

「付句が待ち構えてますので」

おちよのほおにえくぼが浮かんだ。

「うーみゃ」

何の関わりもないゆきがやにわにないたから、のどか屋に笑いがわいた。

ややあって、老俳諧師はようやく意を決したように筆を握った。うなるような達筆でこう記す。

福もまた重ねて月見団子かな

「酔ってしまったもので、こんな凡句で勘弁しておくれでないか」

隠居は白くなった髷に手をやった。

「いやいや、うちの茶見世に飾りたいくらいで」

甚五郎がすぐさま言う。

「なら、遠慮なくお持ちください。……さあ、おちよさん、付けておくれ」

季川は弟子のほうを見た。

「では、ふつつかながら」

今度はおちよが筆を握った。

なつかしき人すべて月かげ

「なつきしき人か……」

おこうの父がそう独りごちると、亡き女房の形見の櫛をつまみあげた。

「良かったな。嫁入りだぜ」

しみじみと言う。

それを聞いて、おこうがそっと目尻に指をやった。

第三章　蛸《たこ》大根と餡《あん》巻《ま》き

一

「いらっしゃいまし」

のどか屋の厨から、千吉がいい声を響かせた。

「おお、元気がいいね」

笑顔で入ってきたのは隠居の季川だ。

「おそめちゃんがお産なので、しばらく千吉をこちらにいさせます」

時吉が言った。

「無事、お産が済めばいいね。……やれ、どっこいしょ」

隠居が腰を下ろしたとき、客がつれだって入ってきた。

岩本町の御神酒徳利だ。

「おっ、千坊はこっちかい」

湯屋のあるじが言った。

「そのうち、手が空いたら呼び込みに」

千吉は厨から答えた。

「いまはおけいちゃんが一人で行ってるので」

猫たちにえさをやりながら、おちよが言った。

「おそめちゃんはお産だからな」

野菜の棒手振りの富八が言う。

「おい、おめえら、手伝ってやれ」

寅次が猫たちに声をかけた。

むろん、猫の知ったことではない。みなはぐはぐと口を動かしてえさに夢中だ。

「あとで元締めさんが新たな娘さんをつれてきてくださるそうです」

寒鰈《かんがれい》の刺身をつくりながら、時吉が言った。

「ほう、そうなのかい」

まずは燗酒を呑みながら、隠居が言った。

「中食《ちゅうじき》の前に顔を出されて、旅籠を順々に回るという話で」

と、時吉。

「だったら、おこうちゃんの代わりだな？」

湯屋のあるじが訊く。

「ええ。ひとまずは掛け持ちということで」

おちよが伝えた。

「どこも人手が足りねえから、のどか屋だけってわけにゃいかねえんだな」

富八がうなずく。

「そのとおりで。いきなり掛け持ちだと大変そうだけど」

おちよが軽く首をかしげた。

時吉が出した寒鰈の刺身に続いて、千吉が肴を出した。

蛸《たこ》大根だ。

「おっ、鰤《ぶり》大根じゃねえのかい」

岩本町の名物男が意外そうに言った。

「今日は蛸で。大根で蛸の足をたたくとやわらかくなりますので」

千吉は身ぶりをまじえた。

「なるほど。その大根を蛸と一緒に煮込むわけだ」

と、寅次。

「昨日つくって味を含ませておいたんです」

千吉が得意げに言った。

「丸一日か？」

湯屋のあるじは驚いたように問うた。

「おお、大根がうめえ」

いつものように、富八が野菜のほうをほめる。

「蛸がやわらかくなったところで大根を入れて、火が通ったところで鍋を下ろして、蓋をして一日おくんですよ」

千吉は料理の勘どころを示した。

「なるほど……」

寅次はさっそく箸をとった。

「やわらかいねえ、この蛸は」

一枚板の席から隠居が言う。

「ほんとだ、やわらけえ。一日寝かせただけのことはあるな」

寅次は白い歯を見せた。

そんな按配で好評の肴を出したあと、千吉は料理人から旅籠の呼び込みのいでたちに変わった。

半裃《はんがみしも》を身につけ、のれんと同じ「の」と記された鉢巻きを締める。

「なら、行ってきます」

千吉は元気よく言った。

「気をつけて」

おちよが送り出す。

「行ってくるね」

表の樽の上で寝ている老猫のちのを軽くなでると、千吉は客の呼び込みに向かった。

二

両国橋《りょうごくばし》の西詰《にしづめ》は、江戸《えど》のなかでも指折りの繁華な場所だ。常に人通りがあり、芝居小屋の幟《のぼり》がはためいている。

旅籠が立ち並ぶ横山町から近いので、ここで客の呼び込みをするのがいちばん手っ取り早い。そう考えるのはよその旅籠も同じだから、時には客の引っ張り合いみたいな按配になることもあった。

「お泊まりは、内湯がついた大松屋へ」

跡取り息子の升造が声を張り上げていた。

「内湯に浸かれば、旅の疲れがきれいさっぱり取れますよ。それから、ふかふかのお布団でお休みくださいまし」

あるじの升太郎も呼び込みだ。

のどか屋のあるじは厨で料理をつくらねばならないから、旅籠の客の呼び込みに行くことはないが、大松屋のあるじはここが腕の見せどころだ。「きれいさっぱり」や「ふかふかの」にそこはかとなく力をこめるところに年季が感じられる。

「升ちゃん、来たよ」

千吉が声をかけると、大松屋の跡取り息子が振り向いた。

「ああ、千ちゃん」

弾んだ声で答える。

「ご苦労さまだね。おけいちゃんはあっちのほうで呼び込みをやってるよ」

升太郎が手で示した。

「分かりました。……なら、気張ってね」

千吉は幼なじみに言うと、教えられたほうへ向かった。

あったかい
大福餅はいらんかねー

いい声の大福餅売りとすれ違った。

心は動いたが、つとめが先だ。

千吉は先を急いだ。

「お泊まりは、横山町ののどか屋へ……」

おけいの声が聞こえた。

「朝は名物の豆腐飯」

千吉が声をかぶせる。

気づいたおけいが笑みを浮かべて右手を挙げた。

「どう？」

千吉は短く問うた。

「今日はなかなか見つからないわね。千ちゃん、気張って」

おけいは苦笑いを浮かべた。

「うん、分かった。……ふかふかのお布団に、朝は名物、豆腐飯」

千吉はさっそく呼び込みを始めた。

「朝は、名物豆腐飯」

おけいも和す。

「だしと醬油と味醂でじっくり煮たお豆腐を、ほかほかのご飯にのっけて召し上がれ。のどか屋名物……」

「豆腐飯」

二人の声がそろう。

なかには振り向く者もいた。この調子ならそろそろ泊まり客が見つかりそうだ。

千吉がそう思い、また声をあげようとしたとき、向こうから手を振ってやってきた者がいた。

おけいも気づいた。

「あっ、元締めさん」

急ぎ足でやってきたのは、旅籠の元締めの信兵衛だった。

ただし、一人ではなかった。

見知らぬ娘をつれていた。

三

「ようちゃ、と申します。よしなに」


「よう、と申します。よしなに」

赤い椿《つばき》をかたどったつまみかんざしを挿した娘がぺこりと頭を下げた。

元締めがいまおけいと千吉を紹介したところだ。

「おこうちゃんのあとがおようちゃんね」

おけいが笑みを浮かべた。

「憶《おぼ》えやすくていいね」

信兵衛が言う。

「いくつ？」

千吉がたずねた。

「十四」

「じゃあ、わたしと同い年だ」

「来年は十五？」

「そう」

「じゃあ、一緒」

おようが笑った。

びっくりするような小町娘というわけではないけれど、笑うと愛嬌があってかわいらしい。椿のつまみかんざしも相まって、場がぱっと明るくなるかのようだ。

「掛け持ちで気張ってもらうことになってるから、順々に旅籠を回ってるところなんだ。善屋と巴屋が終わって、あとは大松屋とのどか屋だけ」

信兵衛が言った。

「大松屋さんなら……」

おけいが背伸びをした。

「あっ、あそこに」

千吉が先に気がついて指さす。

「ああ、ほんとだ」

元締めが笑みを浮かべた。

「なら、先に大松屋へ寄ろう」

「はい」

　およううがうなずいた。

「なら、あとで寄るよ」

　元締めは軽く手を挙げると、おようをつれて立ち去っていった。

「じゃあ、早くお客さんを見つけて戻らないと」

　おけいが言った。

「承知で」

　帯をぽんとたたくと、千吉はまた呼び込みを始めた。

「江戸でも珍しい旅籠付きの小料理のどか屋、小料理屋ならではの朝餉《あさげ》は名物豆腐飯。さあさ、早い者勝ちだよ！」

　ほかの呼び込みに負けない声を張り上げる。

　場数を踏んできたから、口上《こうじょう》にもよどみがない。さっそく足を止める者が出た。

「江戸は小料理屋に旅籠が付いたりするんか」

　訛《なま》りのある男がたずねた。

　もう一人の男と二人づれだ。髷《まげ》となりを見ると、どこぞのあきんどらしい。

「はい。うちが走りのようなもので」

おけいが胸を張って答えた。

「いろんな見世があるんすね」

もう一人の男が言う。

「そやね……おかしら」

初めの男がそう言ったから、千吉は軽く首をかしげた。

「いまなら、いいお部屋が空いておりますよ」

おけいが押したが、二人組はどうやら冷やかしのようだった。

「橋向こうに見世があるもんでな」

「気が向いたら食いに行くわ」

軽くそう言って、両国橋のほうへ去っていった。

その背を、千吉はしばし見送っていた。

四

客は首尾《しゅび》よく見つかった。

小梅村《こうめむら》から江戸見物に来た四人組で、二部屋に分かれて泊まることになったからありがたい。出迎えたおちよもほくほく顔だった。

「湯屋でしたら、これからご案内しますよ」

まだ座敷に陣取っていた寅次がここぞとばかりに言った。

「岩本町の湯屋のあるじでして」

富八が手で示した。

「いくらか歩きますが、湯は江戸一でさ」

寅次は大きく出た。

「湯もいいけど、小腹も空いたなあ」

「両方ってわけにゃいかないかい？」

小梅村の客が問う。

「いきますぜ」

岩本町の名物男は両手をぱちんと打ち合わせた。

「湯屋の前に、細工寿司のおいしい見世があるんだよ」

隠居が教えた。

「『小菊』というわたしの弟子がやっている見世で、お風呂上がりにぜひどうぞ」

時吉も言う。

「おにぎりも味噌汁もおいしいので」

厨に戻った千吉も笑顔で言った。

「おお、そりゃ渡りに船だ」

「なら、一服したら行くか」

「おう」

話はたちどころにまとまった。

呼び込みをしているときに出会った元締めが、おようという娘をつれてやってくることはもう千吉が告げてあった。旅籠回りはのどか屋で終《しま》いだから、労をねぎらう料理をさっそく仕込みに入っている。

ややあって、部屋に荷を下ろして茶を呑んで一服した客が下りてきた。

「なら、ご案内しまさ。帰りの道を憶えておいてくださいまし」

湯屋のあるじが慣れた口調で言った。

「おいらも今日はこれで」

野菜の棒手振りも腰を上げる。

「お気をつけて」

おちよが見送る。

「行ってらっしゃいまし」

千吉もいい声を響かせた。

それと入れ替わるように、なじみの泊まり客が来てくれたから、旅籠は半ば埋まった。ありがたいことに、江戸へあきないに来るたびにのどか屋を定宿《じょうやど》にしてくれる客がとみに増えた。部屋が埋まってしまい、大松屋などに紹介することも間々《まま》あるほどだ。

五

「あっ、見えたわ」

表でちのをなでながら様子を見ていたおちよが声をあげた。

元締めの信兵衛が、およようをつれてのどか屋のほうへやって来た。

「どうだい、いい旅籠だろう?」

隠居が温顔でおようように言った。

「ええ。きれいなお花も生けてあって」

およようが笑みを浮かべた。

客に断って、ひとわたり六つの部屋を回り、元締めとともにいま一枚板の席に座ったところだ。

「階段が二つあるけど、お茶を運ぶときは念のためにゆるいほうを使ってるのよ」

おけいが教えた。

「どうして二つもあるんです？」

おようがいぶかしげに問うた。

「普請《ふしん》をしくじったんだよ。初めの階段が急すぎたので、お客さんが落ちたりしたら困るから、ゆるい階段をもう一つつくってもらったんだ」

時吉が答えた。

「段がたくさんあるから、近所の猫まで遊びに来るくらいで」

おちよがそう言うと、おようは屈託《くったく》なく笑った。

「餡巻き、ご隠居さんと元締めさんもいかがです？　みたらし団子もつくりますので」

千吉が張り切って言った。

「なら、もらおうか」

「お茶には甘いものが合うからね」

二人の常連が答えた。

千吉はさっそく餡巻きをつくりはじめた。

「わあ、いい匂い」

おようの瞳が輝く。

「はい、できました」

千吉はまず、おように皿を出した。

「おいしそう」

「みたらし団子、すぐつくるから」

千吉は調子よく言った。

「その前に、われわれの分も忘れないでおくれよ」

隠居が笑みを浮かべる。

「はい、もちろんで」

千吉はまた餡巻きをつくりはじめた。

平たい鍋に油を引いて、たねを流し、餡をのっけて鉄製のへらで器用に巻いていく。

いくたびもつくっているから堂《どう》に入った手つきだ。

「おいしい！」

さっそく食したおようが声をあげた。

「ほんとにおいしそうな声ね」

おちよが笑う。

「この席に座ってのんびり食べられるのは今日だけだからね」

そこはかとなくおどすように、元締めが言った。

「お昼とかは合戦場《かっせんば》みたいな忙しさになるから」

おけいも言う。

「えー、今日だけですかあ？」

おようがそう言って周りを見る。

「そんなことないわよ。二幕目は暇なことも多いから」

おちよが笑って言った。

「そうそう、あんな感じで」

千吉が座敷を指さした。

客がいないのを幸い、猫たちが座布団を占領して丸まっている。そこだけを見ると猫屋みたいな雰囲気だ。

「常連も手がかからないからね」

隠居が笑みを浮かべたとき、時吉が次の料理を出した。

「今日ののどか屋は甘味処で」

そう言って差し出したのは焼き柿だった。

「これが甘味ですか？」

おようが覗きこむ。

「いまつくるから、食べてごらん」

時吉が手を動かしながら言った。

ほどなく、およう分ができた。

柿を焼くと存分に甘くなる。そこへ流山《ながれやま》の極上の味醂を回しかければ、これはもうまごうかたない甘味だ。

「あまーい」

おようはびっくりしたような顔つきになった。

黒目がちな瞳がいっぱいに開かれる。

「びっくりしただろう」

と、時吉。

「ええ。柿ってこんなに甘くなるんですね」

まだ驚きの色を浮かべて、おようは答えた。

その後はおようの身の上をいろいろ聞いた。

おようはやぶ仁《じん》という蕎麦屋で生まれた。深川《ふかがわ》のやぶ浪《なみ》という名店で修業した父の仁次郎《じんじろう》は、晴れて本所《ほんじょ》に見世を出すことになった。

小さい見世だったが、母のおせいとともに切り盛りし、常連客もついて親子三人どうにか暮らしていく見通しが立った。

そんな矢先、仁次郎は心の臓に差し込みを起こし、あっけなく命を落としてしまった。おようがまだ四つのときだった。

「それは気の毒だったねえ」

隠居が情のこもった声で言った。

「おとっつぁんの顔はおぼろげに憶えてるそうだよ」

信兵衛が言った。

「きっと見てくれてると思います」

明るいおようもしんみりとした口調で言った。

「で、お蕎麦屋さんはどうしたの？」

みたらし団子をつくりながら、千吉が訊いた。

「おっかさんだけじゃ切り盛りできないから、のれんを下ろすことに」

おようは残念そうに答えた。

その後も山あり谷ありだった。

母のおせいは娘を育てるために、つまみかんざしの内職を始めた。おようがいま髷に挿している椿も、母の手になるものだ。

そのうち、つまみかんざしの親方がおせいを見初めて、後妻にならないかという声がかかった。信に足る頼もしい男だったから、おようの母はありがたく受けることにした。

親方は連れ子のおようにも優しくしてくれた。やがて、儀助《ぎすけ》という弟ができた。いまはまだ六つのわらべだが、そのうちひとかどの若者になるだろう。

おせいはつまみかんざしづくりに精を出し、だんだんにその腕が認められるようになった。おようも小さい頃から手伝いをしていたが、どちらかといえば声を出して人を相手にするつとめのほうをやりたかった。あまり人見知りをせず屈託がないから、そのほうが向いている。

つとめは去年から始めた。

父と同じくやぶ浪で修業したあるじの見世で、両国橋の東詰を少し入ったところだから本所の家から楽に通えた。見世の夫婦はわが娘のようにかわいがってくれたが、縁者からのつてがあり、遠く離れた内藤新宿へ移ることになった。一緒にどうかと言われたが、母と離れるのは忍びないから泣く泣くやめることにした。

そして、口入れ屋を通じて信兵衛の目に留まり、このたび旅籠の掛け持ちで働くことになったという経緯《いきさつ》だった。

「つまみかんざしのほうも、帰ってからときどき手伝うんです」

おようは言った。

「偉いわねえ」

おちよが感心したように言う。

「働き者が見つかって良かったよ」

元締めが安堵の面持ちで言った。

「初めから気張りすぎないようにね」

隠居が言う。

「はい、ありがたく存じます」

おようが頭を下げると、つまみかんざしの椿が揺れた。

「やっとできました」

千吉がふっと一つ息をついた。

「だいぶ手こずってたな」

時吉が言う。

「うーん、たれはちょうどいいと思うんだけど、どうかなあ」

千吉は自信なさげだった。

「まずかったら相済みません」

時吉が先に言う。

「では、恐る恐る舌だめしをしてくださいまし」

おちよが順々に皿を運んだ。

「うーん……」

隠居が食すなりあいまいな顔つきになった。

「もう少しもちっとしていたほうがいいかねえ」

元締めも首をひねる。

「でも、甘くておいしい」

おようは笑みを浮かべた。

「ちょっとぱさぱさしてるな」

時吉が忌憚《きたん》なく言った。

「これが甘かったかな」

千吉が髷に手をやる。

「粉の按配も違うかもしれないな」

と、時吉。

「どれどれ」

おちよも舌だめしをする。

「どう？」

千吉が気遣《きづか》わしげに訊いた。

「うーん、これは茶見世だと流行《はや》らないわねえ」

おちよははっきり言った。

「なら、おこうちゃんの嫁入り先で教わったらどうだい」

信兵衛が水を向けた。

「ああ、それはいいかも」

おちよが乗り気で言う。

「いずれ板橋宿へ行くつもりだったんだから、ついでに教わればいいだろう」

時吉が言った。

「そうですね、師匠」

千吉は気を取り直すように言った。

「甘さはもう少し控えたほうがいいかもしれないね」

隠居が注文をつける。

「あんみつさんなら、これでいいかもしれないけれど」

と、元締め。

「いや、あの旦那なら、ここにどばどば味醂をかけるよ」

隠居が手つきをまじえて言ったから、のどか屋に笑いがわいた。

「あ、そうだ、あんみつさんに伝えたいことがあって……」

千吉はそう切り出した。

それから仔細《しさい》を聞くうちに、時吉とおちよの顔つきがだんだんに引き締まっていった。

「だったら、次に安東さまが見えたらお伝えしないと」

おちよが言った。

「うん」

千吉は短く答えて、ちらりと神棚の十手のほうを見た。

「あ、そうだ」

おようが声をあげた。

「何だい？」

元締めが問う。

「わたし、橋向こうの本所だから、何か気がついたらお知らせします」

おようは黒目をくりくりさせて言った。

「あっ、そうか。それはぜひお願い」

千吉がすぐさま言った。

「おっかさんにも言っとくから」

すっかり打ち解けたおようが笑みを浮かべた。

第四章　鬼殻焼《おにがらや》きと煮合わせ

一

明けて天保九年（一八三八）になった。

正月早々、のどか屋に明るい知らせが飛びこんできた。おそめが無事ややこを産んだのだ。元締めの信兵衛が満面に笑みをたたえて朗報をもたらした。

「どちらだい？」

一枚板の席に陣取っていた季川がすぐさま問うた。

「男の子ですよ。おそめちゃんも無事だそうで」

元締めがそう答えて隣に座った。

「良かった」

おけいが胸をなでおろす。

「ほんに、それを聞いてひと安心で」

おちよもほっとしたように言った。

いまと違って、当時のお産ははるかに難事だった。運悪く命を落としてしまう例《ためし》も比べものにならないほど多かったから、のどか屋の女衆が愁眉《しゅうび》を開くのも無理はなかった。

「多助さんは大喜びで？」

厨で手を動かしながら、千吉が問うた。

「そりゃあもう破顔一笑《はがんいっしょう》だよ」

おのれも笑みを浮かべて、信兵衛が答えた。

「待ちに待った子だからね」

隠居も和す。

「あとは産後の養生《ようじょう》をしっかりしてくれれば」

時吉の言葉に、おちよがうなずいた。

ここで肴が出た。

数の子の粕漬《かすづ》けに田作《たづく》り、それに、黒豆の長老喜《ちょろぎ》添え。まだ正月の四日だからおせち料理だ。

「達者《まめ》で長生き。まるでご隠居みたいな料理ですな」

元締めがそう言って、梅酢で赤く染まった長老喜を口に運んだ。

黒豆に添えた、正月の縁起物で、彩《いろど》りも喜ばしい。

「わたしがさらに長生きしても仕方がないけどね」

苦笑いを浮かべて隠居も続く。

「そんなことを言わず、百まで生きてくださいましな」

おちよが言った。

「はは、それだと仙人になってしまうよ」

季川の白い眉が下がる。

「あ、そうだ、肝心なことを」

信兵衛が両手を打ち合わせた。

「ややこの名前なんだがね」

時吉に向かって言う。

「ええ、何でしょう」

雑煮《ぞうに》をつくる手を止めて、時吉が問うた。

「おとっつぁんの多助から『多』、それに、世話になった時吉さんの『吉』をくっつけて『多吉』にしたいって言ってるんだ」

元締めが答える。

「ああ、それはどうぞ。わたしもくっつけられた『吉』ですから」

時吉は白い歯を見せた。

「なんだか弟ができたみたい」

千吉も笑う。

「じゃあ、末は料理人ね」

おちよが気の早いことを言ったから、のどか屋に和気が満ちた。

二

翌《あく》る日からおけいが咳《せき》をするようになったから、大事を取って長屋で休んでもらうことになった。

冬場で怖いのは一に火事だが、風邪《かぜ》も怖い。ことに旅籠は客あきないだから、お客さまにうつしでもしたら大事《おおごと》だ。

そこで、おけいの代わりにおようが助っ人に来た。

「だいぶ慣れた？」

第二幕に入ったところで、千吉がたずねた。おようが来たので、何がなしに嬉しそうな顔つきだ。

「旅籠のご案内は慣れたけど、ここのお昼のお運びがいちばん大変。何かしくじりをするんじゃないかと思って」

おようは包み隠さず言った。

「わたしだってお膳をひっくり返したことがいくたびもあるから」

おちよが笑みを浮かべた。

「猫が足元をちょろちょろするからね」

肴をつくりながら、時吉が言った。

「今日もちょっとひやっとしました」

おようが胸に手をやった。

「寒鰈の煮付け膳だったから、この子たちが浮き足立ったのね」

おちよが土間を指さした。

しょうと小太郎が猫相撲のようなものを取っているところだ。今日は小春日和《こはるびより》だから、二代目のどかとゆきは表で寝ている。老猫のちのはいつもの樽の上のお休み処だ。

そうこうしているうちに、常連がいくたりものれんをくぐってきてくれた。

おなじみの隠居と元締めに続いて、そろいの半纏《はんてん》をまとったよ組の火消し衆もどやどやと入ってきた。

「今日は験直《げんなお》しで」

かしらの竹一《たけいち》が言った。

「出初式《でぞめしき》の件かい？」

隠居がそう言って腰を下ろす。

「そうでさ。世知辛《せちがら》い世の中になっちまったもんで」

「声が高いですぜ、かしら」

火消しの一人がすかさず言う。

「なに、聞かれたって構うもんかって」

かしらはそう言って、座敷であぐらをかいた。

「みな張り切って稽古してた出初式が、急に『まかりならぬ』ってことになっちまって、正月から出ばなをくじかれちまいましたよ」

纏持《まとい》ちの梅次《うめじ》が嘆いた。

「師匠が料理でお咎めを受けたのと一脈《いちみゃく》を通じていますね」

肴をつくりながら、時吉が言った。

「華美だから駄目なの？」

腑に落ちない顔で千吉が首をひねる。

「世の中に要り用のものしか認めねえってことじゃねえか？　だから世知辛いんだ」

かしらが顔をしかめる。

「出初式だって江戸の華だぜ。要り用じゃねえかよ」

纏持ちは不服そうだ。

「そりゃ、出初式のあとに呑んでよその組と喧嘩になったりすることはあるがな」

「それだって江戸の華よ」

「年が明けた気がしねえぜ」

火消し衆は不満たらたらだ。

「まあまあ、そのうちいい風も吹いてきますよ」

おちよがなだめる。

「はい、これを召し上がって験を直してくださいまし」

時吉が料理を仕上げた。

鰈《かれい》の唐揚げだ。

ひと口大に身を切って醤油と酒で下味をつけ、粉をはたいてからりと揚げる。これを紅葉《もみじ》おろしで食せば口福《こうふく》の味だ。

「海老も焼いてますんで」

千吉が声をかけた。

車海老の鬼殻焼きだ。

金串を打って素焼きをした車海老の身に、二度三度と刷毛《はけ》で醤油を塗ってさらに香ばしく焼きあげていく。

「すっかり花板の風格だね」

隠居が目を細めた。

「あんまりおだてないでくださいまし。調子に乗るので」

時吉が笑った。

「なに、若いうちは調子に乗るのもいいさ」

隠居が温顔で言った。

「でも、ほんとに手つきがさまになってきたね」

元締めも言ったとき、のれんがふっと開いて客が入ってきた。

「おう、ご無沙汰」

そう言って入ってきたのは、安東満三郎だった。

万年平之助もいる。

黒四組の二人が、久々にのどか屋に顔を見せた。

三

「そりゃ、おれらに文句言われたって困るぜ」

黒四組のかしらが苦笑いを浮かべた。

火消し衆には酒が入っている。出初式が沙汰止《さたや》みになってしまったのがどうしても不服な若い衆から、あんみつ隠密のほうに文句が出たところだ。

「同じお上《かみ》でも、こちらの旦那方はつとめが違うからね」

隠居がやんわりとたしなめる。

「そりゃそうだ。筋違いの文句を言うんじゃねえ」

かしらの竹一も言う。

「へえ、すんません」

若い衆は矛《ほこ》を収めた。

「あ、そうだ。本筋のつとめのことで、ちょっと話が」

千吉が声をひそめて言った。

「本筋のつとめかい」

と、あんみつ隠密。

「また何か勘ばたらきがあったのか、千坊」

万年同心が訊いた。

「例の話か？」

時吉も問う。

前に呼び込みをしていたとき、上方《かみがた》訛りのある主従の会話を耳にして「おや」と思ったことは告げてある。

「そう。師匠から聞いた盗賊の話」

千吉が答えた。

「ひょっとして、野分の銀次か？」

安東満三郎が身を乗り出した。

「うん。あとでくわしく聞いたので」

千吉はうなずいた。

「親子の十手ってことになってるので、念のために伝えておいたんです」

時吉は神棚のほうを指さした。

「で、怪しいやつを見かけたのかい」

今度は万年同心が訊いた。

「前にそこの両国橋の西詰で呼び込みをしてたとき、あきんどのなりをした人から声をかけられたんだよ、平ちゃん。『江戸は小料理屋に旅籠が付いたりするんか』って」

千吉は上方《かみがた》訛りの声色《こわいろ》を遣《つか》った。

「それで？」

あんみつ隠密が先をうながす。

「声をかけてきたのは二人組で、もう一人が『いろんな見世があるんすね』と気張った江戸言葉で言いました」

「そいつが手下《てか》か」

と、安東。

「それが、違ったんです。もう一人の偉そうなほうが『そやね……おかしら』って言ったので、『おや』と思ったんですよ」

千吉はそう伝えた。

「なるほど、臭うな」

あんみつ隠密はとがったあごに手をやった。

「それで、見世は橋向こうにあるみたいだから……」

千吉はおようのほうを見た。

「おっかさんにも伝えておいたんだけど、まだ当たりがつかなくて」

おようは申し訳なさそうな顔つきで言った。

「そこまで素人がやるこたぁねえや。……お、すまねえな」

黒四組のかしらは、時吉がさっと仕上げたあんみつ煮を受け取った。

「なら、おれが回ってきましょう」

万年同心がかしらに言った。

「おう、頼む」

あんみつ隠密はさっと右手を挙げた。

「本所深川は縄張りじゃねえが、そっちの組に伝えておきましょう」

かしらの竹一が言った。

「今日は呑んでるからちとつれえが、明日さっそく行ってきまさ」

纏持ちの梅次もいい声を響かせる。

「だんだん網が絞られてきたね」

隠居が笑みを浮かべた。

「本当に上方の盗賊のやつしだったら、また大手柄だね」

元締めが千吉に言う。

「じゃあ、また悪さをしないうちに捕まえないと」

と、千吉。

「まだそうと決まったわけじゃないぞ。赤の他人かもしれない」

時吉が慎重に言った。

「上方生まれの人だって、江戸にはたくさん住んでるから」

おちよも半信半疑の面持《おもも》ちだった。

「なら、帰ったらまたおっかさんに言っておきます。そろそろごあいさつに行かなきゃと言っていたので」

およう が言った。

「おっかさんは何をしてるんだい？」

万年同心が問う。

「義理のおとっつぁんと一緒につまみかんざしをつくってます。わたしもときどき手伝ってますけど」

おようがはきはきした口調で答えた。

「蜻蛉《とんぼ》のつまみかんざしとかいいかも」

千吉がだしぬけに言った。

「千坊がつけるのかい」

隠居が驚いたように訊いた。

「ううん、あったら面白いなと」

「千坊がこんなでけえ蜻蛉のつまみかんざしをつけてたらびっくりだぜ」

万年同心が身ぶりをまじえて言ったから、のどか屋に笑いがわいた。

四

翌る日――。
おようは母のおせいとともに本所の家を早めに出た。つまみかんざしづくりの義父は快く許してくれた。おかみのおちよの歳に合わせて、渋い色合いの藤のつまみかんざしを土産に持たせる心配りまでしてくれた。

「これだけだとお土産が足りないかもしれないわね。あんたが世話になってるんだから」

おせいが言った。

「でも、お菓子屋さんとかはまだ開いてないよ、おっかさん」

おようが言う。

「どこか開いてる見世はないかねえ」

「べつに無理に買わなくったって、のどか屋さんで何か食べてお代を払えばいいんじゃないかしら」

「まあそうかもしれないけど、できれば何か……あっ、あれは？」

おせいは行く手を指さした。

「ああ、あんなところに見世が」

おようは足を速めた。

いままで気づかなかったが、路地を少し入ったところにのれんが出ていた。

近づいてみると、どうやら乾物屋のようだった。かすかに昆布《こんぶ》の香りが漂ってくる。

のれんには「北前屋《きたまえや》」という名が染め抜かれていた。北前船で運ばれてくる品をあきなっているようだ。

二人は入ってみることにした。

「ごめんくださいまし」

おせいが声をかけると、ややあって奥から大柄な男が出てきた。

「何や？」

うるさそうに問う。

おようは母と顔を見合わせた。

客あきないとはとても思えない接し方だ。

「何かお土産になるようなものをと思いまして」

おせいは気を取り直すように笑みを浮かべて言った。

「土産やったら……鰹節《かつおぶし》とかどないや」

あるじか番頭か分からないが、上方訛りの男は相変わらず気のない調子で言った。

「さようですね。ちょっと見させていただいてよろしゅうございますか？」

「ええで」

男はそう答えると、煙管《きせる》を吹かしはじめた。

いくつか手に取って値《あたい》をたずねてみたが、ずいぶんと割高だった。

「ちょっと手が出ませんので、また」

おせいはそう言うなり頭を下げて見世を出た。

おようも続く。

北前屋の男は煙管を吹かすばかりで、ひと言も発しなかった。

「感じ悪いわねえ」

出てしばらくしてから、おせいが言った。

「あんなあきないじゃ、すぐつぶれるわよ」

「でも、おっかさん、いまの人、上方訛りだったよね」

おようが言うと、母ははっとしたような顔つきになった。

「じゃあ、おまえ、あの見世は……」

おせいは眉をひそめた。

「分かんないけど、伝えておいたほうがいいと思う」

おようはきっぱりと言った。

伝える相手は、首尾《しゅび》よくすぐ見つかった。

両国橋を渡っているとき、向こうから見知った顔が急ぎ足でやってきたのだ。

昨日、のどか屋で会ったばかりの万年同心だった。

おようは母を紹介し、手短に仔細《しさい》を伝えた。北前屋の場所も事細かに教えた。

「そりゃあ、ひょっとしたら網に魚がかかったかもしれねえな」

万年同心はあごに手をやった。

「どうかよしなに」

おようが頭を下げる。

「おう、あとはおれに任せときな」

万年同心は力強く胸をたたいた。

五

「よく気張ってくれてますよ、おようちゃんは」

おちよが笑みを浮かべておせいに言った。

「さようですか。親としては心配で心配で」

おせいが胸に手をやる。

「旅籠の掛け持ちは大変ですけど、いい人が見つかったとみな喜んでるんです」

と、おちよ。

「お運びも上手で、声も出るので、言うことなしです」

中食の膳をつくりながら、時吉も言う。

「ぱっと花が咲いたみたいで」

千吉も笑顔で言った。

「あ、そろそろお客さんが」

おようが表のほうを見た。

「わたしは邪魔かしら」

おせいが周りを見た。

「なら、おっかさんもお運びを」

おようが水を向ける。

「うーん、どうしよう」

おせいはためらった。

「娘をよしなにとあいさつしながら、少しだけ手伝うのはいかがでしょう」

おちよが案を出した。

「ああ、それくらいなら」

おせいがうなずいたとき、早くも初めの客が入ってきた。

「いらっしゃいまし」

おようが真っ先に声を出した。

「おっ、今日は女衆が華やかだな」

「何かと思ったぜ」

なじみの職人衆が言った。

おせいは土産に藤のつまみかんざしを持ってきた。渋めの色合いのつまみかんざしをおちよはすっかり気に入り、さっそく髪に飾った。

おようはお気に入りの赤い椿、おせいは凝ったつくりの雀《すずめ》のつまみかんざしだ。みなそれぞれに感じの違うものを飾っているから、おのずと場が華やぐ。

「娘のつとめぶりを見に来させていただいたので」

おせいが言った。

「そうかい。そりゃいいな」

「とにかく、うめえもんを出してくんな」

客が身ぶりをまじえた。

「はい、ただいま」

厨から千吉が言う。

さらに客が次々に入ってきた。ここから合戦場のような忙しさになる。猫たちも心得て裏手の階段のほうへ逃げるほどだ。土間で寝そべっていたら、うっかり踏まれてしまう。

今日の膳は寒鰤《かんぶり》の煮合わせだ。

脂《あぶら》の乗った寒鰤は、むろん焼き物もいいが、煮物にしても存分にうまい。何より飯が進む。

野田《のだ》の醬油に流山の味醂、それに上等の下《くだ》り酒。この三つを使ってていねいにつくるのだから、うまくないはずがない。

合わせるのは塩茹でして絞った三河島菜《みかわしまな》だ。苦みが鰤と響き合って、えも言われぬうまさになる。

これに浅蜊《あさり》の味噌汁と昆布豆と香《こう》の物と飯がつく。浅蜊は身の養いになるし、殻がちゃりんちゃりんと銭みたいな音を立てるから客の評判もいい。

「今日もうまかったな」

「また朝の豆腐飯も食いに来るぜ」

「二幕目の酒の肴もな」

どの客も満足げに帰っていった。

「毎度ありがたく存じました」

その背に向かって、おようが元気のいい声を響かせた。

六

中食が終わり、客の姿がなくなると、後片付けをして短い中休みに入る。そのあいだも、のどか屋の話し声が途切れることはなかった。

怪しい乾物屋の件は、さっそく親子の十手持ちに伝えられた。

「平ちゃんが探りを入れてるなら、任せておけばいいね」

千吉が言った。

「そうだな。乾物屋が盗賊のやつしだとすれば、網を張って捕り物になるだろう」

時吉が引き締まった表情で言う。

「捕り物もやられるんですか？」

ちらりと神棚の十手を見て、おせいが驚いたように言った。

「いやいや、ただの旅籠付きの小料理屋のあるじなので」

時吉が表情をやわらげた。

「そう言いながら、駆り出されたりしたこともあったけど」

と、おちよ。

「千ちゃんも？」

おようが訊いた。

「ううん。捕り物は苦手だから」

千吉は首を横に振った。

「何にせよ、万年の旦那に任せておけばいいだろう」

時吉は話をそうまとめた。

二幕目に入ると、隠居とともに元締めの信兵衛もやってきた。

おせいが初顔のあいさつをし、娘をよしなにと頼む。

「いやあ、おようちゃんが来てくれて、どこも大助かりですよ」

元締めは笑顔で言った。

「明るくて働き者だからね」

隠居も笑みを浮かべる。

「それを聞いてひと安心です」

おせいはそう言うと、娘のほうを見た。

「なら、ほかの旅籠さんにもごあいさつしてこないと」

「でも、ここの呼び込みがあるから」

およう は少し困った顔つきになった。

「のどか屋の呼び込みなら、千吉だけでつとまりますから」

おちよが言う。

「今日は百人力で」

千吉が力こぶをつくったから、のどか屋に笑いがわいた。

「だったら、任せておけばいいよ」

隠居がおように言った。

「はい」

おようが素直な返事をする。

「だったら、大松屋、巴屋、善屋の順に回るかね」

来たばかりの元締めが腰を上げた。

「承知しました」

おせいが答える。

「善屋さんに寄ったら、『豆腐飯の修業、いつでもお待ちしています』とお伝えしてね。それで分かるから」

おちよがおように言った。

「はい、分かりました」

おようは素直に答えた。

「最後の浅草《あさくさ》から本所へ帰るといいよ、おっかさん」

おようが言った。

「あ、おようちゃんもいいわよ。呼び込みがないのなら、お運びを手伝ってもらうほどお客さんは来ないから」

おちよが言った。

「浅草で何かおいしいものを食べてから帰るといいよ」

隠居が温顔で言う。

「それなら、長吉屋は？」

千吉が水を向けた。

「ああ、それはいいね。のどか屋で働いてると言えば、安くしてくれるだろう。わたしがつれていってあげるよ」

元締めが笑みを浮かべた。

かくして、話はまとまった。

行く先々で、おせいは歓待を受けた。おようの評判はどこでも上々だった。

善屋を最後にあいさつ回りを済ませると、元締めの案内で長吉屋へ行った。

「そうかい、のどか屋を手伝ってるのかい」

長吉は目尻にしわをいくつも寄せて言うと、腕によりをかけておいしいものを出してくれた。

おせいとおようはすっかり満足し、日が落ちる前に本所のわが家へ戻った。

第五章　鯛茶漬けと豆腐飯

一

「さすがの勘ばたらきだったな」

あんみつ隠密が千吉に言った。

「じゃあ、やっぱりあの男が」

千吉が厨から少し身を乗り出した。

「韋駄天《いだてん》と一緒に身辺を洗ってたら、尻尾を出しやがった」

万年同心が隣の男を手で示した。

黒四組の脚自慢のつなぎ役、井達天之助《いだてあまのすけ》だ。

「どんな尻尾です？」

おちよがたずねた。

「人の耳がねえと思って、乾物屋のあるじにやつしていた手下が、番頭を『かしら』と呼びやがった。そんなあきんどの主従があるかよ」

万年同心は苦笑いを浮かべた。

「よく聞きつけてくれたぜ」

あんみつ隠密が笑みを浮かべる。

「さすがは平ちゃん」

仲のいい千吉が言う。

「もとをただせば、千坊の手柄《てがら》だからよ」

万年同心が神棚の十手をちらりと指さした。

二日後ののどか屋の二幕目だ。

一枚板の席に、黒四組のおもだった顔が勢揃いしている。

「では、そろそろ用心棒役の出番ですか」

肴をつくりながら、時吉がたずねた。

「そのようだな」

無精《ぶしょう》髭《ひげ》を生やした顔がやんわりと崩れる。

室口源左衛門だ。

縁あって黒四組の用心棒役をつとめることになった武家だ。自前の捕り方を持たない黒四組にとっては頼りになる男で、半ば戯《なかたわむ》れに日の本の用心棒とも呼ばれている。

「おようちゃんもお手柄だったわね」

おちよが手伝いの娘に言った。

おけいの風邪が長引いているので、今日ものどか屋のつとめだ。

「たまたまですから」

そう言って笑ったおようの髷には、梅の花のつまみかんざしが挿してあった。

季《とき》に合わせて変えていけば、おのずと見世も華やぐ。

ここで肴が出た。

大根の揚げ煮だ。

輪切りにした大根をかりっと揚げてからだしで煮ると、さらに深い味わいになる。

そこへ大根おろしをのせると、同じ大根が響き合って味の深みが増す。

逆に、火が通るまでだしで煮て、平たい鍋で油焼きにしてもうまい。胡麻油で焦げ目がつくまで焼けば、外はかりっ、中はしっとりのうまい肴になる。

「で、捕り物はいつ？」

千吉が声を落としてたずねた。

「いま捕り方の段取りをつけてるとこだ。さすがに室口だけじゃ手が足りねえからな」

一人だけ味醂につかった揚げ煮を食しながら、あんみつ隠密が言った。

「火付盗賊改方《ひつけとうぞくあらためかた》か町方《まちかた》か、どちらかに加勢を頼めればと」

万年同心がそう言って、揚げ煮をさくっと嚙んだ。

そのとき、足音と人の声が重なって響き、常連が続けざまに入ってきた。

隠居と元締め、それに、よ組のかしらの竹一と纏持ちの梅次だった。

二

「なら、おれらもひと肌脱ぎましょうや、かしら」

ひとわたり話を聞いた梅次が言った。

「捕り物をやるのか?」

竹一が驚いたように言う。

「打って出るわけじゃなくても、うしろで網を張ることはできるでしょう。出初め式が沙汰止みになった代わりで」

梅次はにやりと笑った。

「おう、頼むぜ」

安東満三郎がすぐさま言った。

「よ組の火消し衆が控えていりゃあ、百人力、いや、千人力よ」

人を使うのがうまいあんみつ隠密が白い歯を見せた。

「このたびの捕り物、うちの人は出番なしでよろしゅうございますね？」

そこはかとなくクギを刺すように、おちよが言った。

「おう。江戸の料理の指南役を、むやみに剣呑《けんのん》な場に出させるわけにゃいかねえからな」

黒四組のかしらの言葉を聞いて、おちよはほっとした顔つきになった。

「なら、何かあったらうしろの火消し衆に伝えな」

あんみつ隠密が韋駄天侍に言った。

「承知で」

井達天之助がいい声を響かせた。

「盗賊のかしらはそれがしが」

室口源左衛門が太い二の腕をたたいた。

「いちばんの見せ場だからな」

安東満三郎がにやりと笑う。

「わたしの出番はもう終わり？」

千吉がおのれの胸を指さした。

「おまえが捕り物へ行ってどうするんだ」

時吉がすかさず言った。

「訊いてみただけ」

千吉の言葉に、隠居と元締めが笑った。

「おまえの見せ場は包丁さばきだからな」

時吉がクギを刺す。

「はい、承知で」

跡取り息子がうなずいた。

さっそくその腕を披露するときがやってきた。

鯛の平造《ひらづく》りだ。

包丁さばきによってうまさが微妙に変わってくる花板が手がける料理を、このたびの手柄を加味して時吉は千吉に任せた。

一枚板の席の客ばかりでなく、おちよやおようも千吉の手元を見つめる。

一つ切るたびに、身を包丁で脇へ送る。むろん、幅がそろっていなければ美しくない。

包丁はまっすぐ手前に引く。切っては脇へ送る動きは、水が流るるがごとくに自然でなければならない。

切り終えたら、今度は盛り付けだ。

白髪大根《しらがだいこん》を敷き、刺身に勢いを出して盛り付け、手前に山葵《わさび》と酒を振りかけた海苔《のり》を置く。見た目も美しい鯛の平造りの出来上がりだ。

「腕が上がったな、千坊」

万年同心からそう言われた千吉は満足げな笑みを浮かべた。

「はい、お待ちどおさまです」

「お待たせいたしました」

おちよとおようが座敷の火消したちのもとへ刺身を運んでいった。

「おう、こりゃこりこりしててうめえな」

さっそく食したかしらの顔がほころぶ。

「いい前祝いにならあ」

纏持ちも笑みを浮かべた。

「なら、頼むぜ。出初式がなかった鬱憤《うっぷん》を晴らしてくんな」

人使いがうまい黒四組のかしらが言った。

「へい」

「合点《がってん》で」

火消しのいい声が重なって響いた。

三

捕り物の首尾は上々だった。

乾物屋の北前屋の番頭に身をやつしていた野分の銀次は、すっかり高をくくっていた。

大坂で大きな稼ぎをしたあと、すぐ江戸へ飛んで市井《しせい》に隠れた。あとはこのままほとぼりが冷めるのを待つばかりだ。

よもや身辺に手が回っていようとは、盗賊には知る由《よし》もなかった。

「御用だ」

「神妙にしな、野分の銀次」

その声は、まさに寝耳に水だった。

「かしらっ」

あるじに扮していた手下が血相を変えた。

「しゃらくせえっ」

見世を取り囲まれた野分の銀次は、奥から長脇差《ながどす》を取ってきた。

「どけっ」

抜刀し、前に立ちふさがった武家に言う。

「斬れるものなら、斬ってみよ」

用心棒の室口源左衛門が上段の構えで言い放った。

そのうしろでは、よ組の火消し衆が刺股《さすまた》や突棒《つくぼう》を構えている。

安東満三郎が応援を頼んだ火付盗賊改方もいる。捕り方の備えは万全だ。

「食《く》らえっ」

野分の銀次はやみくもに突っ込んでいった。

だが、剣の腕の差には歴然たるものがあった。

「うぐっ」

盗賊がうめく。

隙だらけの首筋に、室口の峰打《みねう》ちの剣が物の見事に命中したのだ。

「御用だ」

「御用」

たちまち捕り方が群がる。

手下たちも次々に捕まった。

一網打尽《いちもうだじん》だ。

「これにて、一件落着《いっけんらくちゃく》」

火の粉の降りかからないうしろで成り行きを見守っていた安東満三郎が、最後に前へ進みいで、芝居がかった口調で告げた。

四

「このたびはお働きで」

おちよが室口源左衛門に酒を注いだ。

「なんの。こういうときでないと働く場がないでの」

気のいい武家の髭面が崩れる。

今日ののどか屋の二幕目は捕り物の打ち上げだ。座敷にはよ組の火消し衆が陣取っている。

「せっかく刺股を構えてたのに、ちょいと張り合いがなかったすね」

纏持ちの梅次が言った。

「無事が何よりだぜ。出初式の代わりには充分なったしよ」

かしらの竹一が渋く笑った。

「よ組が控えてたから心強かったぜ」

安東満三郎が一枚板の席から言う。

「かしらの楯《たて》になってくれてたからよ」

万年平之助がそう言ったから、のどか屋に笑いがわいた。

「ところで、韋駄天さんだけお顔が見えませんが」

おちよが言った。

「あいつは大坂だ」

あんみつ隠密が軽く言う。

「野分の銀次にやられた見世の生き残りに、首尾よく仇《かたき》が打たれたという知らせをしてやらなきゃならねえからな」

黒四組のかしらはそう説明した。

「そりゃ、せめてもの供養で」

「ちっとは気持ちも晴れましょう」

座敷の火消し衆が言う。

「ま、つとめはそれだけじゃねえんだがよ」

安東満三郎がそう言って、烏帽子鯛《えぼしだい》に箸を伸ばした。

時吉と千吉が思案した凝った料理で、もずくを海に見立てている。その真ん中に烏帽子のかたちをした岩がにゅっと突き出していた。

その正体は銀糸造りの鯛だ。

細切りよりさらに細く、角を立てて切り、高さを出して盛り付けなければならないから手わざを要するが、うまくできればたちどころに海の景色が現れる。

「うん、甘《あめ》え」

あんみつ隠密の口からお得意のせりふが飛び出した。

甘酢につけたもずくだが、あんみつ隠密の分にはさらに味醂と砂糖まで加えてある。

「大変ですね。ほうぼうを飛び回らなきゃならないので」

やっと風邪が癒《い》えて戻ってきたおけいが言った。

おようはのどか屋番を離れ、今日は巴屋にいる。

「なに、あいつはそれが性《しょう》に合ってるからよ」

安東満三郎が言った。

「人には向き不向きがあるでな」

室口源左衛門がそう言って猪口の酒を呑み干した。

「そのとおり。おれは立ち回りはまったく不向きだから、いつも終《しま》いの出番まで待ってるんだ」

あんみつ隠密が妙に得意げに言った。

そのとき、表で足音が響き、新たな客が入ってきた。

「まあ、多助さん」

おちよの顔がほころんだ。

「ご無沙汰しておりました」

笑顔でそう言ったのは、美濃屋の手代の多助だった。

五

「そうかい。女房もややこも達者で良かったな」

よ組のかしらが笑顔で迎えた。

「はい、おかげさまで」

血色のいい顔で多助が答える。

「そりゃ何よりだ」

あんみつ隠密も笑みを浮かべた。

多助の女房のおそめも、ややこの多吉も、ともに達者にしているらしい。

「まあ、一杯呑みなよ」

纏持ちが酒をすすめた。

「まだつとめの途中ですので」

座敷に上がって風呂敷包みは下ろしたものの、小間物問屋の手代は固辞《こじ》した。

「女房と子のために稼がなきゃならねえからな」

万年同心が声をかける。

「張り合いがあっていいのう」

室口源左衛門も言う。

「はい。ありがたいことで」

多助はどこへともなく頭を下げた。

「鯛茶ができますけど、いかがです？」

おちよが水を向けた。

「ああ、それでしたら、頂戴できればと」

ちょうど小腹が空いていたらしい多助が答えた。

「なら、おいらもくんな」

「おいらも」

火消し衆の手が次々に挙がる。

「こっちも負けちゃいられねえな。おれは半ば味醂の茶漬けでくれ」

あんみつ隠密がそう言ったから、万年同心が何とも言えない顔つきになった。

「平ちゃんはどうする？」

千吉が気安く問う。

「おれは正しい煎茶でくれ」

「承知で」

そんな按配で、厨はあわただしく手を動かして次々に鯛茶漬けを仕上げていった。

半ずりにした胡麻《ごま》に醬油と煮切った味醂を加え、さらに胡麻をあたって胡麻醬油を仕上げる。そこへ鯛の切り身をほどよく浸してからほかほかのご飯に載せる。

昆布締めの鯛があればそのまま使えるが、ないときはこのやり方がいちばんだ。あとは山葵とあられを載せ、煎茶を注げば出来上がりだ。あられを加えると食べ味が変わって風味が増す。

「お待たせいたしました」

おちよが多助のもとへ鯛茶を運んでいった。

「おう、先に食っていいぜ」

かしらの竹一が身ぶりをまじえて言う。

「つとめに出なきゃならねえんだからよ」

纏持ちの梅次が和す。

「なら、お先に頂戴します」

多助はそう断ってから箸を動かしだした。

ほっ、と一つ息をつく。

「いかが？」

おちよが短く問うた。

「……おいしいです」

多助は心底うまそうな顔つきで答えた。

六

翌る日の二幕目――。

隠居の季川が一枚板の席に陣取るや、表で人の話し声が響き、三人の男がつれだってのれんをくぐってきた。

一人はおなじみの元締めの信兵衛、あとの二人は浅草の善屋の親子だった。

「ご無沙汰をしておりました、のどか屋さん。これはせがれの善太郎《ぜんたろう》で」

善屋のあるじの善蔵が、よく似た顔つきの若者を手で示した。

「善太郎です。どうかよしなに」

上背のある若者が頭を下げた。

「こちらこそよしなに。跡取り息子です」

時吉も千吉のほうを示した。

「千吉です。よしなに」

千吉ははきはきした口調で言った。

「今日はおようちゃんに助っ人に入ってもらって、おかみと二人で旅籠を切り盛りする算段で」

元締めが言った。

「善屋さんも小料理屋付きの旅籠にすると聞いたけれど」

同じ一枚板の席に腰を下ろした善蔵に、隠居が声をかけた。

「いやいや、小料理屋は荷が重いもので、朝だけお客さんに膳をふるまおうかと」

善屋のあるじが答えた。

「それで、こちらの名物の豆腐飯を教わりにうかがった次第で」

善太郎が如才なく言った。

「では、本日はお泊まりに？」

おちよがたずねた。

「ええ、泊まらせていただければと」

善蔵は脇に置いた荷を指さした。

ちょうどここで、呼び込みに出ていたおけいが客をつれて戻ってきた。

「まずはお部屋をお選びくださいましな」

客の案内が終わったあと、おちよが善屋の親子に言った。

「いや、残ったところで構いませんので」

善蔵は笑って答えた。

「朝は豆腐飯の膳をお出ししているのですが、それだけで結構でしょうか」

時吉がたずねた。

「ええ。豆腐屋さんのほうのあてはもうついておりますので」

と、善蔵。

「なかなかに用意周到なんだよ、この人は」

元締めが笑みを浮かべた。

その後は、千吉が料理の腕を披露した。

今日は脂《あぶら》ののった寒鰤が入っている。これをまず串焼きにした。

ぶつ切りの葱《ねぎ》と互い違いに串に刺し、塩を振って団扇《うちわ》であおぎながら網焼きにする。

「これは鶏肉でもおいしいです」

団扇を使いながら、千吉が言った。

「堂に入った手つきだねえ」

善屋のあるじが感に堪えたように言った。

「ほかの勘どころは？」

隠居が問うた。

「脂と一緒に塩も落ちるので、あらかじめ多めに振っておくんです」

千吉の言葉に、時吉がうなずいた。

ほどなく、串焼きができあがった。

「ああ、うまい」

善太郎の顔がほころぶ。

その顔を見て、つくり手の千吉も笑顔になった。

七

翌朝は早くから仕込みに入った。

善屋の親子に教えながらだから、どうしても時がかかる。

豆腐をだしと醬油と味醂と酒でじっくり煮込む。その割を間違えないように、善蔵と善太郎はいくたびも頭にたたきこんでいた。

「舌でも憶えてください」

時吉は小皿を渡した。

「はい」

善蔵と善太郎がかみしめるように舌だめしをした。

豆腐を煮込んでいるあいだに、飯の炊き方と味噌汁のつくり方の勘どころを教えた。味噌の割りは季《とき》によって変えていく。ときにはすまし汁にしてもいい。時吉が教えることを、善屋の親子は引き締まった表情で呑みこんでいた。

豆腐飯の薬味《やくみ》まであらましを教えたところで、煮込み豆腐が頃合いになった。

「では、皮切りに」

時吉がすすめた。

「いただきます」

善屋の二人が匙を取る。

「まずは豆腐だけすくって味わい、しかるのちにご飯とまぜて召し上がってくださいまし。お好みで薬味も添えて」

時吉が身ぶりをまじえて言った。

「いまの口上《こうじょう》も、いくたびもお客さんに言ってます」

千吉が教えた。

「まずは豆腐だけすくって味わい……」

善太郎が復唱する。

「こうだな」

それに合わせて、善蔵が匙を動かした。

「ああ、これだけでもうまい」

「しかるのちに、ご飯とまぜて……」

「こうか……ああ、これは腹にたまる」

善蔵の顔に笑みが浮かぶ。

「お好みで薬味も添えて」

「海苔と唐辛子で……あっ、味が変わってうまい」

「なら、わたしも」

善太郎も負けじと続いた。

善屋の親子が膳を満足げに平らげたころ、旅籠の泊まり客が姿を現した。

「おはようございます」

「豆腐飯、できております」

のどか屋の面々がいい声を響かせる。

泊まり客だけではない。朝早くから普請場に向かうなじみの大工衆もつれだって入ってきた。

「おっ、新顔かい？」

棟梁が善屋の親子を見て訊く。

「いや、豆腐飯の修業で」

時吉が答えた。

「うちと同じ元締めさんの旅籠なんですけど、普請をし直して厨をつくって、うちと同じ朝の豆腐飯を出したいということで」

おちよが言葉を補って伝えた。

「そうかい。場所はどこだい」

棟梁が訊く。

「浅草の手前のほうで」

善蔵が手つきをまじえて答えた。

「なら、うちらが普請してやるぜ。もう決まった大工がいなけりゃの話だがよ」

棟梁が乗り気で言った。

「さようですか。それは好都合かも」

善蔵が答えた。

「よし、決まった。のどか屋の縁だから安くしといてやるよ。あとでところを教えてくれ。まずは検分《けんぶん》からだ」

棟梁はすぐさま段取りを進めた。

「どうかよしなに」

「お願いいたします」

善屋の親子の声がそろった。

「はい、お待ちで」

千吉が棟梁に豆腐飯の膳を出した。

ほかの大工衆にも次々に渡る。

「ああ、朝はやっぱりのどか屋の豆腐飯だな」

「力がわいてくるぜ」

みな笑顔で言う。

「そのうち、浅草の善屋でも召し上がれるようになりますので」

善蔵が言った。

「おう、使い勝手のいいように普請してやるからな」

「まかせてくんな」

「おれらは腕がいいからよ」

大工衆は機嫌よくしゃべりながら匙を動かしていった。

第六章　納豆焼きと花見弁当

一

南のほうから花だよりが聞こえてきた。

そんなうららかな春のある日、浅草福井町の長吉屋に一人の弟子が入った。

「さ、あいさつを」

母親にうながされた新弟子は、かなり緊張の面持ちで口を開いた。

「丈助です……よしなに」

真っ赤な顔でそう言うなり、ぺこりと頭を下げた。

「うちじゃ、みんな『吉』名乗りをするんだ」

長吉屋のあるじの長吉が笑みを浮かべて言った。

「ほら、おとうと同じ名になるんだよ」

母のお登勢が小声で教える。

「あ、そうか。……丈吉です」

まだ数えで十《とお》のわらべが言い直す。

「風邪はもういいのかい」

長吉がたずねた。

今年はずいぶんとたちの悪い風邪が流行った。のどか屋のおけいも長引いたが、丈助もなかなか咳が治まらず母のお登勢は気をもんだものだ。

年の初めから弟子入りという話もあったのだが、本復《ほんぷく》しないうちに長吉屋に入ってうつしでもしたら大事《おおごと》だ。もとより急ぐ話でもない。咳がまったく出なくなり、顔色が良くなるまで待つことにしたのだった。

「へえ、もう平気です」

丈助改め丈吉が答えた。

お登勢が小さくうなずく。

品川の老舗紅葉屋ののれんを父から継ぎ、夫の丈吉とともに切り盛りしてきた。さりながら、不幸にも丈吉が早逝《そうせい》し、女手一つで丈助を育ててきた。

さらに悪いことが重なり、地攻め屋に狙われて難儀をした。もはやこれまでと思われたとき、のどか屋の時吉が昔のよしみもあってひと肌脱いだ。そして、紆余曲折《うよきょくせつ》あった末、紅葉屋ののれんを再び出す段取りが整ったのだった。

ただし、跡取り息子はまだこれから長吉屋で修業を始めるところだ。丈吉が一人立ちするまでは、花板として千吉が紅葉屋の厨に入ることになっている。

「おめえはいちばん若《わけ》え弟子だ。おれも歳だから、最後の弟子になっちまうかもしれねえ」

長吉が言った。

「長生きしてくださいまし」

「まだまだ行けますよ、師匠」

居並ぶ弟子から声が飛ぶ。

「ま、行けるところまでは行くさ」

古参の料理人は渋く笑うと、また丈吉のほうを見た。

「おめえのすぐ上には寅吉、その上には千吉と信吉。若え弟子はいるから頼って仲良くやりな」

「はい」

丈吉がいい声で答えたから、場に和気が漂う。

「それから、ここにいるのは千吉のおとっつぁんで義理のせがれの時吉だ。午の日だけ指南役に来るから、いろいろ教わりな」

長吉は時吉のほうを手で示した。

「よしなに」

丈吉は大人びた口調で言った。

「初めのうちは下積みの追い回しだが、そのうちまかないをやらせてもらえるようになる。梯子段《はしごだん》を一つずつ上っていけばいい」

時吉があたたかなまなざしで言う。

「はい」

長吉屋のいちばん若い弟子は、またいい返事をした。

二

「あまり派手な料理をつくったらお上から文句を言われたりするご時世だが、見た目は普通でもお客さんを驚かせることはできる」

指南役の時吉が言った。

「たとえば、どんな料理でしょう」

千吉がたずねた。

のどか屋にはおようが詰め、呼び込みもできるようになったから、千吉はまた長吉屋での修業に戻っている。紅葉屋の普請もそろそろ始まるから、祖父の見世での修業はあと少しだ。

「見えないところに仕込みをして、お客さんの舌を驚かせる。これならお上も文句はつけられまい」

時吉は答えた。

「おれもそういう料簡《りょうけん》だったら、江戸十里四方所払いのお咎めを受けずに済んだかもしれねえな」

酒樽の上に座ってにらみを利《き》かせている長吉が苦笑いを浮かべた。

見えないところに仕込みをする料理を、時吉はさっそく指南した。

鯛の納豆焼きだ。

鯛に包丁を入れてわたを取り、背に包丁目を入れて化粧塩をする。納豆は細かく刻んでからすり鉢ですり、酒でていねいにのばしておく。

鯛の背の中に納豆を塗り、串を打って焼く。焦がさないように中まで火を通すのが骨法《こつぽう》だ。

「強火の遠火だ」

時吉は教えた。

「団扇で火をあおりながら、串をきちんと持つ。背筋が伸びていなければ、料理の出来栄えに関わるぞ」

「はい」

「承知で」

若い弟子たちは真剣なまなざしで見つめていた。

焼きあがったら熱いうちに串を抜き、大葉《おおば》を敷いて盛り付ける。

「ただの焼き鯛にしか見えねえな」

長吉の目尻にしわがいくつも浮かんだ。

「よし、取り分けて舌だめしをしてみよう」

時吉が言った。

「あっ、納豆が香ばしい」

信吉が声をあげた。

「鯛の塩気とうまく響き合ってる」

千吉がうなずく。

「潮来《いたこ》に帰ったら出すべ」

寅吉が笑顔で言った。

早逝した兄の名をつけた「益吉屋《ますきちゃ》」を故郷の潮来で開くのが寅吉の夢だ。

「こんな按配で、見た目ではなく舌でお客さんを驚かせていけば、お上からお咎めを食うこともない。書《ふみ》を読んだり、よその見世へ舌だめしに行ったりして学びつつ、思案もしつつやっていくのが肝要《かんよう》だ」

時吉はそう教えた。

「はいっ」

弟子たちのいい声がそろった。

三

料理指南のあとは一枚板の厨に向かった。

脇板の捨吉《すてきち》と女料理人のお登勢が天麩羅を揚げていた。お登勢は初めのうちお運び役だったのだが、腕を買われて板場に立っている。

「おお、ご苦労さま」

時吉の労をねぎらったのは、隠居の季川だった。

今日は午の日で、長吉屋で料理指南だと分かっているから、こちらへ足を向けたらしい。

捨吉と時吉、それに千吉が代わるかたちになった。奥の本厨では、それぞれの座敷に出す料理をつくっている。長吉はそちらへにらみを利かせにいった。

「いま鶴屋さんと普請の話をしていたんだよ」

隠居が隣に座ったあきんどを手で示した。

上野黒門町の薬種問屋、鶴屋のあるじの与兵衛だ。

「さようですか。もう普請が始まっているのですか」

時吉がたずねた。

「ええ。わたしの隠居所を兼ねているので、座敷の小窓から庭の梅が見えるようにとか、いろいろ思案をしながらぼちぼちつくっております」

与兵衛が答えた。

「お登勢さんも厨のつくりなどを検分してきたそうだよ」

隠居が告げた。

「こちらと同じで、天麩羅は揚げたてをお出しできそうです。……はい、お待ちで」

お登勢は笑みを浮かべて、たらの芽の天麩羅を出した。

春の恵みのひと品だ。天麩羅にすると、ほろ苦さがひときわ引き立つ。

「お次は筍《たけのこ》で」

時吉も続く。

「千坊が真打ちだね」

隠居が笑みを浮かべた。

千吉がにこっと笑い、鱚《きす》の天麩羅の揚げ具合を見た。

「いくらか奥まったところで静かだから、天麩羅が揚がる音もしっかり聞こえるのがいいね」

与兵衛が言った。

「庭の梅が育ったら鶯《うぐいす》も来るよ」

隠居が先のことを言う。

「それを楽しみに、せいぜい長生きしますよ」

鶴屋のあるじが笑って言った。

ここで鱚が頃合いになった。天麩羅の音に耳を澄ませ、ささやくほどに小さくなったら火が通った証《あかし》だ。

千吉が手を動かすと、見守っていた時吉が小さくうなずいた。

菜箸でつまみ、しゃっと油を切る。

「はい、お待ち」

千吉は鱚の天麩羅を出した。

「さまになってるね」

と、隠居。

「そりゃ、うちの花板さんだから」

与兵衛は頼もしそうな顔つきになった。

鶴屋のあるじの隠居所を兼ねた紅葉屋は、お登勢が女あるじで、その下に板前を置く。白羽の矢が立ったのが、のどか屋の跡取り息子の千吉だ。もっとも、紅葉屋に始《し》終《じゅう》いたのではのどか屋に戻れないから、兄弟子の信吉がときどき花板を代わる手筈になっていた。

弟弟子《でし》の寅吉も、修業を始めたばかりのお登勢の息子の丈吉もいる。丈吉は紅葉屋の跡取り息子だから、長吉屋で下積みの修業をしてから紅葉屋で修業を続け、ゆくゆくは跡を継ぐという段取りだ。

「ちょうどいい揚がり具合だね」

鱚天を食した隠居が言った。

「さすがは十五の花板だよ。この腕前なら大丈夫だ」

鶴屋の与兵衛が太鼓判を捺した。

四

いくらか経ったある晩、なじみの留蔵《とめぞう》の屋台に、千吉たちの姿があった。

兄弟子の信吉に弟弟子の寅吉、それに、初めて丈吉も顔を見せている。

「そうかい。まだ十で修業を始めたのかい」

蕎麦をつくりながら、屋台のあるじが言った。

丈吉が浮かない顔でうなずいた。

「捨吉さんはやさしくねえから、気にしねえほうがいいべ」

信吉が言った。

まだ駆け出しの丈吉は竹箒《たけぼうき》の掃除を命じられたのだが、要領が分からずに気のない動かし方をしていたところ、捨吉に見とがめられて叱られてしまった。

「でも、おかあにも叱られたし……」

丈吉は小さな声で言った。

「そりゃ、ほかの弟子は寅みたいに故郷を遠く離れて来てるんだから」

千吉が寅吉を手で示す。

「おかあは料理人として長吉屋にいるんだからな」

信吉も言った。

脇板に叱られた丈吉がべそをかきながら母親のところへ告げに行ったところ、逆にきつく叱られてしまったようだ。料理人の修業に入ったのだから、いつまでも母を頼っていてはいけないというわけだ。

「まあ、でも、おんなじ見世にいるんだから、頼りたくなるのは人情ってもんだな」

「……はい、お待ち」

留蔵は名物の豆腐蕎麦を出した。

のどか屋の豆腐飯はさまざまなところへ伝わっているが、留蔵の屋台もその一つだ。

のどか屋仕込みの煮込み豆腐を、留蔵は蕎麦にのせることを思いついた。

熱い蕎麦の上にあったかい煮込み豆腐をのせる「あつあつ」がもっぱらだが、夏の暑い時分になると、冷たい蕎麦の上に煮込み豆腐をのせる「あつひや」や、煮込み豆腐の代わりに奴《やっこ》豆腐を乗せ、葱《ねぎ》や茗荷《みょうが》や生姜や削り節などの薬味を加えてくずしながら食す「ひやひや」なども出す。

「食いきれなかったら、おいらが食うべや」

信吉が言った。

「寅は食えるか？」

千吉が弟弟子に訊いた。

「うんっ」

潮来から来た寅吉は元気よく答えた。

「お豆腐、おいしい」

丈吉の顔にやっと笑みが浮かんだ。

「うめえもんを食ったら、元気が出るからな」

苦労人の留蔵の顔がほころぶ。

屋台では酒も出す。煮豆腐やあたりめなどを肴に呑む客の愚痴を留蔵は親身になって聞いてやる。ときには相談ごとも受ける。この界隈では知らぬ者のない人情屋台だ。

「つれえことはいろいろあるけどよ。楽しいこともいっぱいあるから」

房州《ぼうしゅう》の館山《たてやま》から修業に来ている信吉が言った。

「そうそう、みんなで舌だめしへ行ったり」

千吉が和す。

「次はどこへ行くべ？」

信吉が問うた。

「同じ元締めの善屋さんが厨をつくって、朝の膳を出すことにしたみたいだけど」

千吉が答えた。

「どんな膳だい？」

留蔵がたずねた。

「うちとおんなじ豆腐飯」

と、千吉。

「そりゃ、舌だめしに行く甲斐がねえな」

屋台のあるじがそう言ったから、思わず笑いがわいた。

結局、丈吉は蕎麦こそいくらか残したが、豆腐はおおむね平らげた。

「あとはおいらが食うべ」

信吉が丼を取る。

「おいしかった？」

千吉が訊いた。

「うん、千吉兄さん」

すっかり機嫌の直った顔で、いちばん若い弟子は答えた。

五

のどか屋には花見客も泊まる。弁当を頼む客もいるから、厨は平生《へいぜい》より忙しい。

そんな客の中に、板橋宿からやってきた二人連れがいた。兄弟の駕籠《かご》屋で、駕籠を直しに出しているあいだに久々の江戸見物に来たらしい。

「板橋宿といえば、団子を出す茶見世がございましょう？」

弁当を仕上げながら、時吉がたずねた。

「おう、何軒かあるぜ」

小太郎の背中をなでながら、兄のほうが答えた。

板橋宿では猫を飼っているらしく、なかなかになれた手つきだ。

「若おかみが新たに入った茶見世はご存じでしょうか。うちを手伝ってくれていた娘さんが縁あって嫁いだんですが」

おちよがたずねた。

「ああ、それなら仲宿の甚五郎さんの茶見世だな」

弟が言う。

こちらはゆきをなでながらだ。臆病な猫だから、だいぶ腰が引けている。

「そうそう、甚五郎さんです」

おちよの顔がぱっと輝いた。

「あそこは繁盛してるぜ。……あっ、かみやがったな」

兄が小太郎の頭を軽くはたく。

「団子はうめえし、愛想はいいし、あれで流行らなきゃおかしいや」

弟がゆきを放して言った。

猫がぶるぶると身をふるわせる。

「さようですか。それはうれしいかぎりです」

時吉がそう言って弁当の仕上げに入った。

飯は筍の炊き込みご飯と山菜《さんさい》散《ち》らし寿司の二種だ。きれいにそろった小鯛の焼き物に瓢型《ひさごがた》のだし巻き玉子、紅白の蒲鉾に煮豆に青菜の胡麻和え。彩り豊かで心弾む花見弁当だ。

「お待ちどおさまでございます」

のれんと同じく、「の」と染め抜かれた風呂敷で包んだものを、時吉が客に渡した。

「こちらもどうぞ」

おちよが大徳利を渡す。

「おう、こりゃ楽しみだ」

「日和もいいし、江戸へ出てきた甲斐があったぜ」

兄弟の駕籠屋は上機嫌で出て行った。

それと入れ替わるように、元締めの信兵衛と隠居の季川が入ってきた。

「善屋さんは三日後から朝の膳を始めるそうだよ」

一枚板の席に座るなり、元締めが言った。

「さようですか。それはおめでたいことですね」

時吉が笑みを浮かべた。

「千坊に舌だめしに行っておいでと言っておいたよ。万が一、味つけが違っていたら困るから」

隠居がそう告げた。

「多少の味の違いは、その見世の持ち味なので」

と、時吉。

「ここの豆腐飯だったら、そう味はぶれないと思うがね」

元締めが言った。

「で、千吉は行くと？」

おちよがたずねた。

「みなでつれだって行ったら旅籠の迷惑になるかもしれないから、千坊だけで行くことになったよ」

隠居が答えた。

「長吉屋からは近いからね」

元締めが和す。

「妙な文句をつけたりしないかしら、あの子」

おちよが案じる。

「はは、そりゃ平気だよ。何か足りなくても、言い方を工夫する知恵はもうついてるからね」

季川が温顔で言った。

「千坊にまかせておけば大丈夫さ」

元締めも太鼓判を捺した。

六

「あっ、ようこそのお越しで」

善屋のあるじの善蔵が目をまるくして言った。

「厨開き、おめでたく存じます」

千吉は如才なく言った。

「さあ、どうぞ。のどか屋仕込みの豆腐飯の朝膳をお出ししておりますので」

息子の善太郎が手つきをまじえて言った。

「こちら、のどか屋の跡取り息子の千吉さんだ」

あるじがおかみに紹介する。

「お世話になっております」

おかみが頭を下げた。

「こちらこそ」

千吉は笑顔で答えた。

一枚板の席には先客がいた。そろいの浴衣を来た二人の男だ。すでに膳を八分ほど平らげている。

「いかがですか、お味は」

千吉がたずねた。

「江戸へ出てきた甲斐があったよ」

「朝からこんなうめえもんが食えるとは」

「もったいねえから、豆腐をあとまで残してるんだ」

二人の客は上機嫌で言った。

「はい、お待ちで」

善蔵が豆腐飯の朝膳を出した。

「いただきます」

千吉がさっそく匙《さじ》を取る。

豆腐だけすくって口中《こうちゅう》に投じただけで伝わってくるものがあった。

のどか屋の味だ。

「いかがです？」

おかみがいくぶん案じ顔で問う。

「……おいしいです」

千吉が満面の笑みで答えると、善屋の面々もいっせいに笑顔になった。

第七章　三種盛りと紅白和《あ》え

一

「元気そうで何よりだねえ」

のどか屋の二幕目に、隠居の声が響いた。

と言っても、いつもの一枚板の席ではなかった。今日来た客と一緒に座敷に陣取っている。

「師匠こそお元気そうで」

そう言って笑みを浮かべたのは、駿府《すんぷ》から来た客だった。

「いやいや、いつお迎えが来てもおかしくはないよ」

隠居が苦笑いを浮かべる。

「そう言いながら、もう少なくとも十年は経ってるんですよ」

おちよが笑みを浮かべて酒を運んだ。

「なら、あと十年、二十年はお元気で過ごされそうですね」

客が言った。

そのかたわらで、顔立ちがよく似た男がほほ笑む。

「あと二十年も生きたら妖怪《ようかい》になってしまうよ」

季川がそう言ったから、のどか屋に笑いがわいた。

「そうすると、おかみとは同門ということになるんだね」

一枚板の席に陣取った元締めの信兵衛が言った。

「ああ、そうなりますね」

客が一つうなずいた。

年かさのほうは駿府の茶問屋、富士屋《ふじや》のあるじの富太郎《とみたろう》だった。隠居が諸国を廻る俳諧師だったころ、駿府で句座《くざ》を囲み、すっかり意気投合して弟子になった。

俳号は桃季《とうき》という。季川から季の一字を襲った号だ。

「跡取りさんは俳諧のほうは?」

おちよが訊いた。

「わたしはいたって不調法《ぶちょうほう》なもので」

父と一緒に来た跡取り息子の峰太郎《みねたろう》が手を振った。

富太郎はそろそろ問屋を息子にまかせて楽隠居という絵図面を描いていた。このたびは江戸の得意先を回り、顔つなぎをしておく肚《はら》づもりだ。

「はい、お待ちで」

時吉が肴を出した。

白魚《しらうお》と三つ葉のかき揚げだ。

ほどよく火を通してさくっと揚げるのが難しいひと品だが、さすがは指南役で、ほろっと口の中でとける按配が絶妙だ。

「師匠からの文《ふみ》に『料理自慢の旅籠』とありましたが、まさにそのとおりですね」

富士屋のあるじがさっそく食して満足げに言った。

「文は送ってみるものだね」

隠居の白い眉がやんわりと下がる。

江戸へお越しの際は、横山町の旅籠付きの小料理屋のどか屋へ。二幕目はおおむねそこで呑んでいるから。

そんなあらましの文を送ってみたところ、富士屋のあるじは跡取り息子を連れて本当に足を運んでくれた。

「ほんに、ありがたいことで」

おちよが笑みを浮かべた。

「なら、せっかくだから連句でもやるかね」

隠居が乗り気で言った。

「歌仙《かせん》でしょうか。そこまで本式のものはちょっと荷が重そうで」

江戸へ出てきたばかりの茶問屋のあるじはいささか及び腰だった。

「はは、なら少しでいいよ」

隠居は上機嫌で答えた。

そこへおちよが肴を運んできた。

「山独活《やまうど》の三種漬けでございます」

にこやかに皿を置く。

「ほほう、これは彩り豊かですね」

あるじの富太郎が言った。

「どれも味噌漬けなんですが、木《き》の芽《め》味噌、もろみ味噌、赤玉《あかだま》味噌と三種に漬けてあります」

おちよは手つきをまじえて言った。

「へえ、お酒が進みそうです」

跡取り息子の峰太郎の顔がほころぶ。

「独活は紅白和えもつくっておりますので」

厨で手を動かしながら、時吉が言った。

「なかなか手がこんでいそうだよ」

一枚板の席の元締めが笑みを浮かべた。

「なら、このたびは遠来の桃季さんが発句を詠んでおくれ」

隠居がそう言って富士屋のあるじに酒を注いだ。

「えっ、わたしからですか」

富太郎が驚いたように言う。

「いま紙を持ってまいりますので」

おちよがばたばたと動き、句をしたためる支度を整えた。

「うーん、困りましたな」

富士屋のあるじは心底困った顔つきでしばらく苦吟《くぎん》していたが、ようやく次の発句を発した。

美味なるや江戸はいつでものどかにて　桃季

「発句になりきっておりませんが、これでご勘弁願います」

富太郎はそう言って額の汗をぬぐった。

「なるほど、見世の名の『のどか』を詠みこんでいるところが手柄だね」

季川が弟子の句をほめた。

「にゃーん……」

わが名を呼ばれたと思ったのか、二代目のどかがしっぽをぴんと立てて近づいてきた。

「はいはい、いい子ね」

おちよが茶白の縞猫の背をなでてやる。猫はすぐさま気持ちよさそうにのどを鳴らしはじめた。

ここで紅白和えが出た。

ていねいにあくを抜いた白い山独活とじっくり味を含ませてから殻をむいて乱切りにした車海老《くるまえび》。紅白の二種の具を、裏ごし豆腐と酢と味噌とだしと味醂でつくった衣で和えた手のこんだひと品だ。

「おお、助け船が出たね」

隠居はその肴を見て付け句を発した。

春の座敷に紅白の幸《さち》　季川

「では、おちよさんの番だ」

季川はおちよを手で示した。

「うーん、では、あいさつを兼ねて……」

おちよは次の句を発した。

幸《さいわ》ひは駿河の国の茶の香り　千代

「ありがたく存じます。ならば、思いついた句で締めさせていただければと」

富士屋のあるじは座り直して止め句を発した。

姿見えねどあれが富士なり　桃季

富太郎が芝居がかった手つきをまじえて句を発すると、のどか屋に和気が漂った。

「本当に見えたような気がするよ、富士のお山が」

季川が満面の笑みで言った。

二

「なら、ご案内してきまさ」

岩本町の湯屋のあるじがさっと右手を挙げた。

「お願いいたします」

おちよが頭を下げる。

駿府から来た二人の客を、これから湯屋へ案内するところだ。

「お気をつけて」

時吉が声をかける。

「帰りの道はまっすぐで、迷いようがないっすから」

湯屋のあるじと御神酒徳利で動いている野菜の棒手振りの富八が言った。

「承知しました」

「旅の疲れをいやしてきます」

富士屋の親子はそう言ってのどか屋から出ていった。

隠居と元締め、それに富八が一枚板の席に移って呑みはじめてまもなく、一人の男がのれんをくぐってきた。

「あら、多助さん」

べつの旅籠の客を案内した帰りのおけいが声をあげた。

「こんにちは」

小間物問屋の手代が白い歯を見せた。

「その後はお変わりなく？」

おちよが問う。

「おかげさまで、おそめも多吉も達者です。つきましては、本日は一つお願いごとがあって立ち寄らせていただいたのですが、ちょうどいい按配にご隠居さんと元締めさんがあちらにいらっしゃいますね」

多助は一枚板の席のほうを手で示した。

「おいらは数に入ってねえのかよ」

青柳《あおやぎ》と分葱《わけぎ》のぬたを肴に呑んでいた富八が笑みを浮かべて言った。

身がぷりぷりした青柳は深川丼にしてもうまいが、分葱とともに酢味噌で和えると恰好の酒の肴になる。

「いえ、そういうわけではないのですが、年の功でご都合のつく方にぜひともやっていただきたい役がございまして」

多助はよどみなく言った。

あきないで鍛えているから、このあたりはさすがのしゃべり方だ。

「と言うと……お食い初《ぞ》めかい？」

隠居が察しをつけて訊いた。

「ああ、そのとおりでございます、ご隠居さん」

多助の声が高くなった。

「お食い初めの歯固めの儀式ですね？　それなら、いい按配の石を神社かお寺の境内で拾ってこないと」

おちよが乗り気で言った。

「はい。多吉がそろそろ生後百日になりますんで、おそめとともにのどか屋さんでお食い初め膳を頂戴できればと」

　多助が笑顔で言う。

「まあ、おそめちゃんは久々ね。それはぜひ」

　おちよの声に力がこもった。

「歯固めの儀式の長老役なら、喜んで引き受けさせていただくよ」

　隠居が温顔で言った。

「なら、わたしは控えで」

　元締めが言う。

　その後は日取りの段取りを整えた。五日後の二幕目は座敷を貸し切りにして、お食い初めの儀式を行うことになった。

「では、どうかよしなにお願いいたします」

　多助は最後に深々と頭を下げた。

「お待ちしております」

「おそめちゃんによろしく」

　時吉とおちよの声がそろった。

三

その日が来た。

長吉屋で話を聞いた千吉も、お食い初め膳の学びのために駆けつけた。

歯固めの儀式で使う石は、おちよが神田の出世不動まで出向いていただいてきた。のどか屋が三河町にあったころから、折にふれてお参りしてきたお不動さまだ。これまでさまざまな願いごとをしてきたところだから、きっとご利益があるだろう。

帰りはなじみの人をいくたりかたずねた。

竜閑町《りゅうかんちょう》の醬油酢問屋、安房屋《あわや》は先代の辰蔵《たつぞう》からのなじみだ。辰蔵が火事で亡くなったあと、息子の新蔵《しんぞう》が立派に跡を継いでずいぶんと繁盛している。のどか屋を定宿としている野田の醬油づくりや流山の味醂づくりも、江戸に出てくるたびに必ず立ち寄る問屋だ。

その並びのいくらか奥まったところに、青葉清斎《あおばせいさい》と妻の羽津《はつ》の診療所がある。もとは皆川町《みながわちょう》だったが、焼け出されてここへ移った。

清斎は本道（内科）の医者で、薬膳《やくぜん》の知識が深い。その点では時吉の師匠筋に当たる。羽津は腕のいい産科医で、難産だった千吉を救ってもらった。どちらもいたって元気そうで、気張って診療を行っていた。千吉が花板になる見込みだと告げると、ぜひ都合をつけて食べに行きたい、達者で無理せず励むように伝えてほしいというありがたい返事があった。

「顔色が良くて何よりね」

おちよが笑顔でおそめに言った。

「だいぶ肥えちゃいましたけど」

おそめが幸せそうな笑みを浮かべる。

「それはしょうがないわよ。産後の肥立《ひだ》ちがいちばんだから」

おけいが言う。

ここで多吉が泣きだした。

多助が背負ってここまで歩いてきたのだが、勝手が違うところに運ばれてきたせいか機嫌は芳《かんば》しくないようだ。

「はいはい、いい子ね」

おそめがあやす。

なかなかに堂に入った手つきだ。

「では、膳を運びますので」

厨から時吉が言った。

「そろそろ出番だね」

一枚板の席に陣取っていた隠居が猪口《ちょく》を置いた。

「控えの者はここで呑んでます」

元締めが言う。

「途中で倒れたら代わりを頼むよ」

隠居は戯れ言まじりに言った。

「はい、お待たせいたしました」

真っ先に膳を運んできたのは千吉だった。

優雅な猫足のついた朱塗りの膳は、祝いごとに用いるためにあつらえたものだ。真ん中には金彩で「の」と記されている。

「並べますので」

おちよとおけいも続いた。

お食い初めの膳にはおおよその決まりがある。これだけは欠かせぬというものを入れなければならない。

まずは縁起物の鯛。それに赤飯。

あとは吸い物と煮物。これにはおめでたい亀の甲羅《こうら》をかたどった野菜などをあしらう。

ほどなく、支度が整った。

おそめが奥でお乳をやったおかげで、多吉も泣きやんだ。物おじしない小太郎としようが、物珍しげに赤子を見る。

「ほら、ねこさんだよ」

おそめが多吉をだっこして言う。

「変わったねこさんがたくさんいるね」

多助が言った。

「なんだか、うちは猫屋みたいですけど」

おちよが笑う。

「ああ、さようですね。では……おいしそうなお料理がたくさんだね」

多助はそう言い直した。

「おかあもここでお運びをしてたのよ」

おそめが言う。

「おまえはまだ食べられないから、おとうが代わりに食べてあげよう」

多助が言った。

「すっかり親の顔になったねえ」

隠居が頼もしげに言った。

「なかなか板についてるよ」

一枚板の席から、元締めも和す。

「ありがたく存じます」

多助が満面の笑みで答えた。

「では、ご隠居さん、そろそろお願いいたします」

時吉が身ぶりをまじえてうながした。

「はは、そうかい。なら、だれが見てもいちばん年長のわたしが、僭越ながら歯固めの儀式を」

季川はそう言うと、祝い膳に添える見事な塗り箸を手に取った。

「出世不動さまからいただいてきた歯固めの石です」

おちよが朱塗りの盆に載っているものを手で示す。

「そりゃあ、出世間違いなしだ」

と、隠居。

「さ、お口をちょっと開けてごらん」

おそめが指をやった。

隠居は箸の先をちょんと石につけた。

「すぐ済むからね」

多吉に向かってやさしく言う。

赤子はあいまいな顔つきになったが、泣きだす前に隠居が素早く奥歯に箸の先をつけた。

「これでよし」

隠居が笑みを浮かべた。

「おお、よしよし」

たちまち泣きだした赤子をおそめがあやす。

「もう済んだから。偉かったな」

多助が笑顔で言った。

「ちょっとだっこさせてもらえるかい」

隠居が両手を差し出した。

「ええ、どうぞ」

おそめが赤子を渡した。

「こうして見ると、おとっつぁんに鼻筋がよく似てるね」

隠居がしげしげと見て言った。

「目元はおそめにそっくりで」

多助が指さす。

「お父さんとお母さんのいいところを取ってるのね」

おちよが言った。

「ほんと、男前で」

おけいも言う。

「では、お食い初めの儀式も滞《とどこお》りなく済みましたので……」

時吉はそこまで言うと、千吉のほうを向き、身ぶりで「あとを続けろ」とうながした。

「えー、本日は千吉……じゃなくて、多吉ちゃんのお食い初めで、えー、無事終わりましたので、あとはささやかなお料理をご賞味のうえ、存分にご歓談いただければと存じます」

千吉はそう言って、ぺこりと頭を下げた。

「舌が回るじゃないか」

隠居がすぐさまそう言ったから、のどか屋に和気が満ちた。

四

ことに好評だったのは赤飯だった。

よく水につけたささげがぷっくりしている。塩加減もちょうどいいという評判だった。

鯛の塩焼きも、これしかないという焼き加減と塩加減だ。初めのうちは遠慮気味だった多助とおそめも箸を動かして笑顔になった。

お食い初め膳だけでは物足りないだろうから、田楽《でんがく》を焼くことにした。筍と豆腐の木の芽田楽だ。

味噌が焼ける香ばしい匂いが漂いだしたとき、「本日お座敷かしきり」という立て札を出しておいたのにのれんをくぐってきた者がいた。

「あっ、大師匠に鶴屋さん」

千吉が真っ先に気づいて声をあげた。

「鶴屋さんが改めてごあいさつをということで」

長吉が手で示した。

「このたびは、こちらの跡取りさんにわが隠居所を兼ねた見世の花板をつとめていただくことになりまして。これはつまらぬものですが」

鶴屋のあるじは風呂敷包みを時吉に渡した。

風月堂音吉《ふうげつどうおときち》の松葉という香ばしい焼き菓子だ。

「恐れ入ります。せがれがお世話になります」

時吉は深々と頭を下げた。

「こちらこそ、よしなに」

与兵衛も礼をする。

「まだまだ腕の甘い息子ですが、どうかよしなにお願いいたします」

おちよも頭を下げた。

「長吉屋でみっちり修業も積んでいますし、筋が通った料理人ですから期待しております」

与兵衛がそう言ったから、千吉は引き締まった顔つきでうなずいた。

「見世開きはいつごろだい？」

隠居がたずねた。

「普請はあらかたできあがったので、わたしの生まれ日の五月十九日にと。その日をかぎりに隠居させていただいて、鶴屋はせがれに譲るつもりです」

与兵衛はさっぱりした顔で答えた。

「両国の川開きの少し前に見世開きですね」

多助が言った。

「なら、夏らしい料理を思案しておかないとね」

と、隠居。

「ええ。そのあたりはいろいろ考えてますが、今日のところは春の名残《なごり》の木の芽田楽で」

千吉はそう言って串を裏返した。

「それも乙《おつ》なもんだね」

元締めが言う。

田楽は次々に焼きあがった。

「わあ、おいしい」

おそめが食すなり、感に堪えたように言った。

「お客さんで食べるとおいしいでしょう」

おちよが言う。

「ええ。筍がさくっとしていて」

「味噌とよく合ってるね」

多助がうなずいた。

長吉と鶴屋与兵衛は、多吉を少しあやしてから一枚板の席に座った。そこへも田楽が供される。

「お待ちで」

千吉が豆腐田楽の皿を下から出した。

「味噌だけの豆腐田楽ってのはごまかしが利かねえからな」

長吉が言った。

「はい」

やや緊張の面持ちで千吉が答える。

「……うん、おいしいね」

与兵衛がまず言った。

「ありがたく存じます」

千吉が一礼した。

そのうしろから時吉が見守っている。

「焼きもおめえがやったのか？」

長吉が問うた。

「はい、やらせていただきました」

千吉がていねいな受け答えをした。

「これなら上々だ。ほどほどに味噌を焦がしてやるのが骨法《こっぽう》だからな」

古参の料理人が太鼓判を捺した。

「この味だったら、花板もつとまるよ」

元締めも続く。

「ありがたく存じます」

千吉の声が弾んだ。

「頼みますよ、花板さん」

鶴屋の与兵衛が言った。

「はいっ」

千吉はことに気の入った返事をした。

第八章　いぶし造りと鯛飯

一

「そうかい。あさってはいよいよ見世開きかい」

のどか屋の一枚板の席で、万年平之助同心が言った。

「うん、平ちゃんも来てよ」

千吉が気安く言う。

「上野黒門町のあたりはちょくちょく行くから、ふらりと顔を出すかもしれねえ」

今日は一人で来ている万年同心が笑みを浮かべた。

「気張って声出してやるべや」

兄弟子の信吉が言った。

初めのうちは信吉と千吉が厨に入り、おかみのお登勢のもとで働くことになっている。いきなり千吉だけでは荷が重かろうという心遣いだ。

「声を出すのはいいけれど、与兵衛さんの隠居所も兼ねているんだからね」

万年同心の隣に座った隠居がやんわりとたしなめた。

「そうそう。二人でいつもの調子でわいわいしゃべってたら、お客さんが気を悪くしてしまうよ」

おちよも言う。

「はあい」

「承知で」

千吉と信吉がやや不承不承《ふしょうぶしょう》に答えた。

「お客さんがじっくり料理を味わいたいときは、黙っているのも料理人の心得だからな」

時吉がさとすように言う。

「そのあたりはお客さんを見て」

千吉が言った。

「おれだったら、べらべらしゃべっていいからよ」

万年同心がそう言ったから、一枚板の席に笑いがわいた。

「いらっしゃいまし」

おようが声をかけた。

今日は持ち回りでのどか屋に来ている。さきほどまでおけいとともに呼び込みに出て、首尾よく客をいくたりかつれてきた。

「いい声だね」

そう言いながら入ってきたのは元締めの信兵衛だった。

「ご無沙汰で」

力屋の信五郎も入ってきたから、一枚板の席がたちまちいっぱいになった。

「あさって、いよいよ千坊の見世開きだそうだよ、力屋さん」

隠居が言う。

「へえ、それは気が入るね」

力屋のあるじが言う。

「わたしの見世じゃないですから、ご隠居さん」

千吉はあわてて言った。

「おいらたちは雇いの料理人だから」

信吉がおのれに言い聞かせるように言う。

「そうそう。女あるじを立てながらやらなきゃな」

万年同心がそう言って、猪口の酒を呑み干した。

「そりゃ分かってるよ、平ちゃん」

千吉がまた気安く言った。

「いろいろお触れが出る世知辛いご時世だが、地道にやっている分には何のさわりもないだろうからね」

隠居がそう言って、鮎《あゆ》の背越《せご》しを口に運んだ。

玉川《たまがわ》の鮎をさばいて蓼酢《たです》で供する。若い料理人たちの腕前はなかなかのものだった。

「そう言や、町奉行に続いて、お上《かみ》からもお触れが出たんですよ。『豪華な料理や菓子を禁ずる』っていうお触れがね」

万年同心がいくらか苦々しげに言った。

隠居が訊く。

「そりゃいつの話だい？」

「今日ですよ。五月十七日付で」

黒四組の幽霊同心が答えた。

「先月は『無益の手数』をかけた高価なものを自粛するようにというお奉行からの通達がありましたね」

時吉が言った。

「どこまでが『無益の手数』なのか、線引きがむずかしいところですな」

元締めが言う。

「うちの料理は引っかかることはないでしょうが」

力屋のあるじが笑う。

「紅葉屋も田楽と蒲焼きと肴だけなので」

と、千吉。

「何か言われたら泣くべ」

信吉が泣き真似をする。

「おとっつぁんも前のお咎めで懲りただろうから」

おちよが言う。

「のどか屋も『無益の手数』はかけていないからね」

隠居が温顔で言った。

「なら、無益ではない手数をかけた料理を」

時吉がそう言って、若い料理人たちに花板の立ち場所をゆずった。

「では、鰹《かつお》のいぶし造りをつくります」

千吉が扇型に串を打った鰹の身をかざした。

「おお、いいね」

「花板の見せ場だな」

一枚板の席から声が飛ぶ。

「千吉が焼いて、おいらが切りますんで」

信吉が二の腕をたたいた。

「時さんは？」

隠居が時吉に訊いた。

「わたしは見習いで」

時吉がそう答えたから、のどか屋に笑いがわいた。

千吉がさっと塩を振った。この加減が味に関わってくる。

まずは皮目を焦げ目がつくまでしっかり焼き、身のほうも焼いて冷たい井戸水に取ってさます。

「見事な手際だね」

力屋のあるじがうなった。

「なら、盛り付けをやるんで、引き造りを」

千吉が兄弟子に言った。

「おう」

信吉が気の入った声を発した。

身の厚いほうを向こう側に置き、皮目を上にする。包丁を手前に引いて造りにしたあとは、加減酢《かげんす》を刷毛で塗る。

花茗荷《はなみようが》に青紫蘇《あおじそ》に葱。それに、大蒜《にんにく》の薄切り。とりどりの薬味を添えて盛り付ければ、鰹のいぶし造りの出来上がりだ。

「おまちどおさまで」

千吉が皿を下から出した。

「おう、ありがとよ」

まず万年同心が受け取った。

味にうるさい男だが、評判は上々だった。

「これなら、紅葉屋は繁盛間違いなしだ」

万年同心が太鼓判を捺《お》した。

「ありがたく存じます」

千吉のひときわいい声が響いた。

二

上野黒門町のいくらか奥まったところに、紅葉屋ののれんが出た。

真新しいのれんではない。色づいた紅葉を想わせるのれんは、かつては品川宿の一角に出されていたものだった。

「では、よしなに」

お登勢が笑みを浮かべた。

「はい、気張ってやりましょう」

千吉が答えた。

「お客さんが来るといいっすね」

兄弟子の信吉も和す。

立て札も貼り紙もない。あらかじめ刷り物を配ったりもしていない。いたって地味な見世開きだ。

「与兵衛さんは来てくださるでしょう」

お登勢は鶴屋のあるじの名を出した。

いや、今日からはもうあるじではない。薬種問屋を息子に譲り、楽隠居の身だ。紅葉屋は隠居所を兼ねているから、必ず顔を出してくれる。

お登勢は紅葉の色にならったあざやかな着物と帯だが、料理人たちは茄子紺《なすこん》の作務衣《さむえ》だ。袖を通すと、十五の花板はひときわきりっとして見えた。

ひとまずはむやみに利を上げなくてもいい見世だから、昼の膳もない。紅葉屋の看板の蒲焼きと田楽、それに酒と肴だけを出す仕込みをしている。

天麩羅の大鍋の前に一枚板の席がしつらえられている。四人座ればいっぱいになるほどの小体《こてい》な構えだ。

小上がりの座敷も広からず、大人数での祝いごとなどはできない。ただし、床の間と出窓がある座敷は小粋な構えで、さしつさされつしながら呑む分には落ち着きそうだ。

花板と同じく、畳も若い。藺草《いぐさ》のいい香りが漂っている。

「だれも来ないべ」

ややあって、信吉が苦笑まじりに言った。

「のどか屋だったら、こちらから呼び込みに行くんだけど」

千吉も言う。

「ただ静かに待ってるのよ。ここはそういう見世なんだから」

お登勢はそう言って、見世の高いところに据えられた神棚を指さした。

そこには、小ぶりの包丁が供えられていた。

亡くなった夫の丈吉の形見だ。紅葉屋の先代に当たる丈吉は、そこから静かに見守っている。

「でも、板前は一人でいいべや」

信吉が退屈そうに言った。

「まあ、今日は見世開きだから」

と、千吉。

「そろそろ見えると思うけど、与兵衛さん」

お登勢が言った。

紅葉屋のおかみの言うとおりだった。

ほどなく、鶴屋の与兵衛が姿を現した。

しかも、一人ではなかった。

跡取り息子と番頭を伴っていた。

三

「いい隠居所だね、お父さん」

晴れて鶴屋のあるじになった惣兵衛《そうべえ》が言った。

隠居所を兼ねた見世の普請をしていたことは知っているが、できあがってからお披露目という段取りだったから、中へ入るのは初めてだ。

「見世の者のささやかな祝いくらいはここでできるだろう」

与兵衛が座敷を手で示した。

「若い手代や丁稚《でっち》の悩みごとなども聞いてあげられそうです」

番頭の末松《すえまつ》が言った。

「ああ、それはいいね。そうしておくれでないか」

与兵衛が言った。

「承知いたしました、旦那さま」

番頭が答える。

「いや、もう隠居したから大旦那だよ」

「あ、失礼いたしました、大旦那さま」

末松は呼び名を改めた。

「梅が育てば、ちょうどあの出窓から花が見えるように普請してもらったんだが、まだまだ先の話だね」

与兵衛は振り向いて出窓を指さした。

床の間には躑躅《つつじ》の切り花が活けられている。その赤が目にしみるようだ。

「なら、長生きしないと」

惣兵衛がそう言って酒を注いだ。

「まあ、隠居してめっきり老けこんだりしたらいい物笑いだからな」

与兵衛が答えた。

「まだまだ得意先回りなどで気張っていただきませんと」

と、番頭。

「お父さんが培《つちか》ってきたあきないの顔がありますからね」

跡取り息子も言う。

「なかなかこの隠居所でのんびり過ごすわけにもいかなさそうだな」

与兵衛はそう言って笑った。

ほどなく料理ができた。

まずは鰻《うなぎ》の蒲焼《かばや》きだ。お登勢の父の代から継ぎ足しながら使ってきた秘伝のたれにつけて香ばしく焼く。

「さまになってるね、花板さん」

団扇であおいで煙を逃がしながら焼く千吉に向かって、惣兵衛が言った。

「ありがたく存じます」

背筋を伸ばして千吉が答えた。

「鱚天もできますが、いかがでしょう」

所在なさげにしていた信吉が声をかけた。

「まずは蒲焼きからだね」

「追い追い、いただくよ」

鶴屋の親子が答えた。

「やっぱり板前さん二人だと手が余るわね。ごめんなさいね」

お登勢が信吉に言った。

「いえいえ」

信吉があわてて手を振る。

「今日はこれでもまだ多いほうだ。しばらくはわたししか来ないかもしれない」

与兵衛が言った。

「わたしだけでも切り盛りできる構えですからね」

お登勢が言う。

「なら、おいらは長吉屋で修業を」

信吉が言った。

「そうだね。厨で忙しく手を動かしていたほうが身になるから。長吉さんにも伝えておこう」

与兵衛はそう話をまとめた。

蒲焼きができた。

肝吸《きもす》いも付いた、鰻屋にも引けを取らない膳だ。

「ああ、いいね」

ひと口食すなり、与兵衛が言った。

「たれが深いよ、お父さん」

惣兵衛がうなずく。

「これは一度食べたら二度、三度と足を運ぶお客さんが出ますよ。おいしゅうございます」

番頭の末松が笑みを浮かべた。

蒲焼きに続いて天麩羅。さらに、田楽が出た。どれもいたって評判が良かった。

「お父さんだけの隠居所にしておくのはもったいないね」

惣兵衛が言った。

「だったら、おまえも使うといい。家族で来てもいいぞ」

与兵衛が水を向けた。

惣兵衛にはすでに子がいる。与兵衛にとっては孫に当たる二人の男の子もなかなかに利発だから、鶴屋の先行きは明るい。

「わらべ向きの餡巻きなどもおつくりしますので」

千吉が如才なく言った。

「なら、今度つれてくるよ」

惣兵衛は笑顔で答えた。

「わたしは幼なじみの友などを誘ってここで呑むつもりだよ」

与兵衛が言った。

「承知しました。これから肴をいろいろ思案してお出ししますので」

十五の花板がいい声を響かせた。

四

次の午の日——。

時吉は長吉屋へ指南役に行った。

お上からのお達しがだんだん厳しくなってきたので、目をつけられたりしないように、鬼面《きめん》人を驚かすような派手な盛り付けは慎み、見えないところに手間をかける。豆の水を一回替えるだけでも、料理の仕上がりは違ってくるものだ。

そう前置きしてから時吉が指南したのは、鯛飯だった。派手やかな鯛の活け造りは「無益な手間」と文句を言われるかもしれないが、土鍋に飯と鯛を入れ、だしと調味料で炊いた鯛飯は野趣に富んだ漁師料理だ。これなら文句はつけられまい。

「取り分ける手際も腕の見せどころだぞ」

時吉はそう言って手本を見せた。

「多い少ないがないように、きれいによそってお出しすること。やってみな」

時吉は若い料理人に言った。

「へい」

そう言って手を動かしだしたのは信吉だった。

紅葉屋は千吉だけで足りるから、長吉屋に戻って修業を続けている。

「お待ちで」

ほどなく、信吉が碗に取り分けた鯛飯を渡した。

「もっと下から」

時吉がすかさずたしなめた。

指南の場とはいえ、料理は下から出さねばならない。日頃から口を酸《す》っぱくして言っていることだ。

「へい、お待ちで」

信吉は改めて鯛飯を出した。

「お、やってるな」

長吉がふらりと姿を見せた。

古参の料理人が顔を出すと、修業の場がぴりっと締まる。

「あとで顔を出してくれ、時吉」

長吉は小声で告げた。

「承知しました」

時吉は答えた。

鯛飯の舌だめしをみなで行ったあと、鯛茶の指南もした。胡麻をあたるときに、うまくなれ、うまくなれと念じる。それだけでふしぎに味に出る。

そんな話を、若い料理人たちはみな熱心に聞いていた。

「おお、時さん」

指南を終えた時吉が一枚板の席に顔を出すと、そこには隠居と元締めがいた。

「さっきまで紅葉屋にいたんだよ」

元締めが笑みを浮かべた。

「さようですか。いかがでしょう、千吉の働きは」

時吉が問う。

「気張ってやっていたよ」

信兵衛が答えた。

「鶴屋さんが幼なじみをつれてきていてね。昔話に花が咲いていた。ちょうどいい按配で天麩羅を出せるし、いい見世だよ」

と、隠居。

「おめえもそのうち行ってやんな。おれも行くからよ」

長吉が言った。

「では、そのうち働きぶりを見てきます」

時吉は答えた。

五

そのうち、と時吉は言ったが、両国の川開きが終わるまでは忙しくてなかなか足を運ぶことができなかった。

江戸の夏の幕開けを告げる花火を目当てに遠くからやってくる客がいるため、横山町の旅籠はどこも早々に部屋が埋まる。泊まり客は二幕目から座敷で腰を据えて呑んだりするから、厨は大忙しだ。

そして、当日になった。

雨が降ったらせっかくの花火ができないが、幸いにも晴天になった。気の早い客はまだ日が高いうちから橋の場所取りを始めた。

「いらっしゃいまし」

おちよが声をかけた。

「見慣れた顔ですまねえこって」

「右に同じで」

そう言いながら入ってきたのは、岩本町の御神酒徳利だった。

「今日は両国かい？」

一枚板の席から隠居が問うた。

座敷には泊まり客がいくたりか陣取っている。花火目当ての客で、日が落ちるのを今や遅しと待ち受けていた。

「いやあ、人がいっぱいのとこは湯屋でたくさんで」

寅次がそう言って腰を下ろす。

「そこまで流行ってねえでしょうに」

野菜の棒手振りの富八がすかさず言った。

今日は鰹がふんだんに入った。まず梅だれを使った梅たたきを座敷に出して好評を博した。これから二の矢が放たれるところだ。

「お待ちで」

時吉は一枚板の席に皿を出した。

「待ってねえぜ」

「すぐ出たじゃねえか」

御神酒徳利が言う。

「たまたま時が合ったもので」

と、時吉。

「つくり手が時さんだからね。これはうまそうだ」

そう言って隠居がさっそく箸を伸ばしたのは、鰹の酢醬油づけだった。

そぎ切りにした鰹の身を細長い大皿に並べ、四半刻《しはんとき》（約三十分）ほど酢醬油に水と砂糖を加えたつけ汁につける。葱と茗荷と青紫蘇の千切りを冷たい井戸水につけてしゃきっとさせてから水気を切る。

鰹を盛って薬味をのせ、さらに小口切りの葱とすり胡麻を振ってつけ汁を回しかければ出来上がりだ。

「かー、野菜がうめえ」

富八の口からお得意のせりふが飛び出した。

「鰹をほめてやれよ。小町娘に向かって、きれいな簪ですねって言うようなもんだぜ」

寅次が言う。

「いや、きれいなお顔ですねと藪から棒に言われるより、簪をほめられたほうが気を良くするものですよ。ねえ、おようちゃん」

おちよが助っ人に来ている娘に言った。

「わたし、きれいなお顔ですねなんて言われたことがないですから」

おようはそう言って屈託なく笑った。

「ところで、千坊の見世はどうだい。流行ってるのかい」

湯屋のあるじが問うた。

「それが、川開きが終わるまでは忙しくて行ってられませんで」

時吉が苦笑いを浮かべた。

「そのうち、行ってみようと思ってるんですけど」

おちよも言う。

「なら、これから寄ってみますかい」

富八が水を向けた。

「ああ、そうだな。毎度客を引っ張ってこなくったって、そうそう角《つの》は出されねえだろう」

　寅次は指で鬼の角をかたどってみせた。

「だったら、代わりに紅葉屋の様子を見てきていただけないでしょうか」

　時吉が言った。

「おう、お安い御用だよ」

　寅次が二つ返事で請け合う。

「舌だめしをしてきてやるよ」

　富八が笑みを浮かべた。

「お願いいたします。ちゃんとやってればいいんだけど、あの子」

　おちよが母の顔で言った。

六

「この辺なんだがなあ」

　寅次が首をかしげた。

　時吉から聞いた道筋をたどってきたのだが、紅葉屋ののれんは見当たらない。

「あっ、あれじゃないですかい？」

富八が脇道を指さした。

目立たないところに、ひっそりとのれんが出ていた。

「渋い構えだな。わざと目立たなくしてるみてえだ」

と、寅次。

「そりゃ、持ち主の隠居所を兼ねてるらしいから、あんまりあきないっ気がねえんで
しょうよ」

野菜の棒手振りが言う。

「ん？　小料理屋なのに甘え匂いが漂ってきたぞ」

寅次が鼻をうごめかせた。

「わらべの声も聞こえるぞ。甘味処か？」

富八が首をひねった。

「ま、とにかく入ってみるか」

湯屋のあるじが足を速めた。

「ごめんよ」

寅次がのれんをくぐった。

「いらっしゃいまし」

おかみのお登勢の声が響いた。

「あっ、寅次さんと富八さん」

千吉の顔がぱっと輝いた。

「知ってる人？」

「早くおいらの分もつくってよ」

一枚板の席にちょこんと座った二人の男の子が言った。

「のどか屋の常連さんなの。もうすぐできるからね」

平たい鉄の板の上で餡巻きをつくりながら、千吉が言った。

「お座敷へどうぞ」

お登勢が手で示す。

「うるさくて相済みません。この見世の持ち主の孫でして。わたくしは鶴屋のあるじの惣兵衛と申します」

あきんどがていねいに頭を下げた。

「鶴屋のおかみでございます。近いもので、見世を番頭さんに任せて来てみました」

つややかな丸髷の女が頭を下げた。

「そうですかい。岩本町の湯屋のあるじで」

「しがねえ野菜の棒手振りで」

御神酒徳利が軽くあいさつをして座敷に上がった。

「与兵衛さんは長吉屋のほうへ行ってるんです」

千吉はそう言うと、あざやかな手つきで餡巻きを仕上げた。

「はいよ。お兄ちゃんにも」

と、皿を渡す。

「わあい」

わらべは満面の笑みになった。

「こっちにゃ渋めの肴をくんな」

湯屋のあるじが手を挙げた。

「なら、さっきのがいいんじゃないか」

惣兵衛が千吉に言った。

「ほんとにおいしかったので」

女房が和す。

「では、お出しします」

十五の花板は鉢を取り出し、肴を盛り付けた。

蛸とじゃがたら芋の煮合わせだ。

蛸は下茹でしてやわらかくしておく。じゃがたら芋は水につけてあくを抜き、だしと醤油と味醂と酒でじっくりと茹でる。

そこへぶつ切りの蛸を投じ入れ、隠し味の生姜を入れてさらにこっくりと煮る。蛸のうま味が芋にもしみた、えもいわれぬうまさのひと品だ。

「こりゃあうめえな」

湯屋のあるじが感に堪えたように言った。

「おいらの扱ってねえ野菜を出しやがったな」

富八が笑みを浮かべる。

「ちょっとつてがありまして」

お登勢が言った。

「まあ、うめえからいいか」

と、富八。

「これだけの肴を出せるんなら心配はいらねえや。おとっつぁんにそう言っとくぜ」

岩本町の名物男が張りのある声で言った。

「お願いいたします」

茄子紺の作務衣が似合う花板が頭を下げた。

「餡巻き、もう一本」

気に入ったらしいわらべが指を立てた。

「おいらも」

元気のいい手が挙がる。

「はい、いまつくるからね」

千吉は笑顔で答えた。

第九章　銭鰹《ぜにがつお》と印籠煮《いんろうに》

一

両国の川開きが終わり、六月に入ったある日、のどか屋の前にこんな立て札が出た。

本日、二幕目の小料理屋はお休みです
はたごはやつてをります
おとまりはのどか屋へ

「見世番を頼むな」
表の酒樽の上で寝ている老猫のちのに向かって、時吉は言った。

「よしよし」

首筋をなでてやると、ちのはのどを鳴らしはじめた。

「じゃあ、おけいちゃんとおようちゃん、旅籠のほうをよろしゅうに」

おちよが言った。

「はい、承知で」

おけいがすぐさま答えた。

「気張ってやります」

おようも笑顔で言う。

今日は黄色い蝶々《ちょうちょう》のつまみかんざしだ。頭を下げると、かわいい蝶々もふるりと揺れる。

「わたしもいるから、ゆっくりしてきてください」

元締めの信兵衛が言った。

大松屋と掛け持ちで留守を預かってくれる段取りになっている。

「ありがたく存じます。どうかよしなに」

時吉が答えた。

「なら、行ってくるから、お留守番をお願いね」

おちよは二代目のどかに言った。

どうやら秋にはお産をするようだ。すでに「生まれた子をぜひうちに」という引き合いが来ている。かねてより、のどか屋の猫は福猫《ふくねこ》だという評判がある。二代目のどかは初代の生まれ変わりとなればなおさらだ。

「みゃ」

おのれに言われたと思ったのか、ゆきが短くないたから和気が満ちた。

「では、行ってきます」

時吉とおちよはのどか屋を出て、上野黒門町に向かった。

二

「ああ、あそこね」

おちよが先にのれんに気づいた。

「なるほど、隠居所という感じだな」

時吉が言う。

「お客さんの声は聞こえないわね」

おちよは軽く耳に手をやった。

「のれんは出てるな」

時吉が前を指さした。

「うん、やってるみたい」

おちよがいくらか足を速めた。

「ごめんください」

のれんをくぐる。

見世に客の姿はなかった。

「あっ、いらっしゃいまし」

千吉の顔がぱっと輝いた。

「ようこそのお越しで」

おかみのお登勢が笑みを浮かべる。

「まあどうぞ、こちらに」

千吉が一枚板の席を手で示した。

「まだ木が若いわね」

おちよが長床几《ながしょうぎ》に腰を下ろしてから、一枚板をぽんぽんと手でたたいた。

「これからだんだんに味が出てくるよ。酒は冷やでくれ」

時吉が言った。

「承知しました。母さんは？」

「わたしは冷たい麦湯で」

おちよがすぐさま答えた。

「千吉さんにはよく気張っていただいています」

お登勢が言った。

「さようですか。忙しくてなかなか来られませんで」

と、おちよ。

「今日は初めてのお客さんで。だいぶ暇なんだけど」

呑みものの支度をしながら、千吉が言った。

「そりゃあ、鶴屋さんの隠居所を兼ねてるんだから」

時吉がなだめるように言う。

「寅次さんと富八さんが見えたときは、お孫さんも来ていてにぎやかだったんだけどね」

千吉はいくらか当てが外《はず》れたような顔で言った。

「与兵衛さんもまだあきないの得意先廻りなどをされているので、こちらにお見えにならない日もあるんです」

と、お登勢。

「隠居所に入り浸っているわけじゃないんですね。……お、ありがとよ」

時吉はせがれの手から冷や酒の枡《ます》を受け取った。

おちよには麦湯が出る。

「じゃあ、仕込みが無駄になることも?」

千吉に訊く。

「もったいないからおのれで食べて、おなかが苦しくなったことも」

千吉は帯を軽くたたいた。

「なにぶん前の道に人通りがないものですから」

紅葉屋のおかみが言った。

「猫は通るんだけど」

と、千吉。

「猫はいくら通っても銭を落としてくれないからな」

時吉は苦笑いを浮かべた。

「なら、代わりに銭鰹《ぜにがつお》を」

千吉は肴の支度を始めた。

銭鰹は料理人の手わざが求められる料理だ。

鰹の身を細かく切り、包丁でていねいにたたく。

これをすり鉢に入れ、味噌と生姜汁と小麦粉を加えて粘り気が出るまでよくする。

すりあがったらまな板に広げ、焼くときの芯になる菜箸に慎重に塗りつけながら巻いていく。

まな板の上で転がして厚みをそろえ、手で形を整えたら、いよいよ焼きだ。

焦がさないように、なおかつ中まで火が通るようにじっくり焼き、布巾《ふきん》で包んで菜箸の芯を抜いたら、同じ厚さに切り分ける。

こうすれば、鰹が厚みのある銭の形に生まれ変わる。

「これはどこで憶えた？」

食すなり、時吉が問うた。

「書《ふみ》に記してあったので」

千吉は得たりとばかりに答えた。

「味噌と生姜汁の按配はちょうどいいな。欲を言えば、もう少し形がきれいにまとまっていればなおいい」

千吉の銭鰹は少しいびつなところがあった。

「それは場数《ばかず》をこなしているうちに上手になってくるでしょう。ぷりぷりしていてお
いしいわよ」

おちよが風を送った。

「ありがたく存じます。鰹は角煮《かくに》もお出しできますが」

十五の花板がよそいきの口調で言った。

「じゃあ、それも」

「どんどん出してくれ」

のどか屋の二人が言った。

「はい、承知で」

千吉は二の腕をぽんとたたいた。

閑古鳥《かんこどり》が鳴いていてさえない顔つきだったが、やっといい表情になってきた。

「お客さんはまあ追い追い来てくださるだろう」

時吉が言った。

「いまより減ることはないですから」

お登勢が笑みを浮かべる。

「与兵衛さんの隠居所で、どうあっても稼がないと追い出されるっていうわけでもありませんからね」

と、おちよ。

「それはありがたいんですが、あんまり暇なのもいかがなものかと」

紅葉屋のおかみはややあいまいな顔つきで言った。

角煮が出た。

煮汁でこっくりと煮る前に塩をまぶしておくと、身が締まって煮くずれがしない。

生姜の千切りも欠かせない。これが入っているのといないとでは、味の引き締まり方がまるで違ってくる。

「うん、いいな」

時吉は短く言った。

「ほんと、腕が上がったわね」

おちよがほめると、千吉は実に嬉しそうな顔つきになった。

ここでようやく人の気配がして、客が入ってきた。

もっとも、一人は鶴屋の隠居の与兵衛だった。

もう一人の客は、手に重そうな包みを提げていた。

三

「へえ、将棋盤ですか」

あいさつを終えたおちよが、座敷のほうを興味深げに見た。

「わたしも重蔵《じゅうぞう》も下手《へた》の横好きだがね。ちょうど床の間に置けそうだったから」

与兵衛が言った。

「使わねえときは置いとけるので按配がいいね」

重蔵が床の間を指さした。

鶴屋の隠居とは幼なじみで、陶器の絵付けをする職人だということだった。優雅な猫足のついた将棋盤ばかりでなく、紅葉屋への差し入れとして梅に鶯《うぐいす》をあしらった大皿も持参してきた。なかなかに枯淡の味わいのある絵だ。

「床の間が寂しいから布袋《ほてい》様でも置こうかと思ってたんだが、早まらなくてよかったね」

与兵衛が笑った。

「なら、さっそく先客さんにご無礼して一局」

重蔵がそう断った。

「どうぞお構いなく」

時吉が笑みを浮かべる。

「ほかにも置けそうね、将棋盤」

おちよがお登勢に言った。

「そうですね。お座敷の隅に置いておけばいいですし」

お登勢は乗り気で言った。

千吉が切り分けた銭鰹を肴に呑みながら、与兵衛と重蔵は将棋を指した。下手《へた》の横好きと言いながら、雁木《がんぎ》と矢倉《やぐら》に構えた堂々たる布陣で、どちらもなかなかの腕前のようだ。

千吉は手間のかかる料理をつくりはじめた。

せっかく来たのだから、時はかかってもいいからうまいものをつくってくれ。そんな時吉の言葉に応えて、ならばとばかりに鰻をさばきだした。

「これは無理かねえ」

与兵衛がそう言いながら端歩《はしふ》を突いた。

「おいでなすったね」

重蔵が小考《しょうこう》してから取る。

そこからのっぴきならないいくさが始まった。

「そういえば、うちのご隠居さんも将棋を指すの」

おちよが言った。

「諸芸に通じた俳諧師だからな」

と、時吉。

「なら、将棋の集まりなどができればいいかも」

おちよがお登勢に言った。

「ああ、それはいいですね。将棋の道場にもなれば」

お登勢が答える。

「一枚板の席じゃ無理ですね」

厨で手を動かしながら、千吉が言った。

「足の付いていない将棋盤を置いて、おまえが相手すればできるだろう」

時吉が言う。

「えー、だって、回り将棋しかできないよ」

千吉がそう答えたから、紅葉屋に和気が漂った。

与兵衛と重蔵の勝負は勝ったり負けたりだった。酒が回るにつれて「待った」も飛び出す始末で、さすがに気心の知れた幼なじみ同士、紅葉屋の座敷には笑いが絶えなかった。

「そういえば、丈吉ちゃんは将棋を指せるかい?」

与兵衛がふと思いついた様子でお登勢に問うた。

「いえ、あの子は指せないと思います」

お登勢が答える。

「ああ、だったらここで教わるといいですよ。ゆくゆくは丈吉ちゃんが紅葉屋を継ぐんだから」

千吉が知恵を出した。

「そりゃいくらでも教えるよ。ほら、王手」

重蔵は調子よく駒を打ちつけた。

「わたしも教え役をやるよ。暇はふんだんにあるからね」

与兵衛がそう言って、玉《ぎょく》をふわりと上にかわした。

「なら、あの子に言っておきましょう。まずは料理の修業をしてもらわなきゃなりませんけど」

お登勢は笑みを浮かべた。

そうこうしているうちに、千吉の料理ができあがった。

鰻の印籠煮《いんろうに》だ。

鰻は頭を切り落としてぶつ切りにし、串を打って素焼きにする。それから串を抜いて蒸し、骨を抜いておく。

骨を抜いたところに茹でた牛蒡《ごぼう》を埋めこみ、水と酒で四半刻足らず煮る。ひたひたの水加減で落とし蓋をするのが骨法だ。

鰻の皮がやわらかくなってきたところで、味醂と醬油を加えて味つけをする。煮汁が少なくなってきたら生姜汁を加えて仕上げ、鉢に盛り付けて天盛りの針生姜を加えたら出来上がりだ。

「手間をかけただけのことはあるな」

時吉が言った。

「ほんと。いつのまに、こんな深いお料理を」

おちよは感慨深げな面持ちになった。

将棋がちょうど一段落したので、座敷の二人も印籠煮を賞味した。

「鰻も牛蒡もやわらかいね。いい味だよ」

与兵衛が満足げに言った。

「若え花板の仕事とは思《わ》え《け》ねえ味だな」

重蔵も笑みを浮かべる。

「ありがたく存じます」

千吉も笑顔で頭を下げた。

四

次の酉《とり》の日――。

千吉の姿はのどか屋の厨にあった。

「そうかい。紅葉屋は酉の日だけ休むことにしたのかい」

例によって一枚板の席に陣取った隠居が言った。

「丈吉ちゃんと一緒に過ごす時もつくりたいということで」

千吉が答えた。

「いちばん下っ端の追い回しで、ちょいと元気がなかったから、一の酉と二の酉だけ休ませることにしたんで」

今日はのどか屋に姿を見せている長吉が言った。

「どこへ行ってるんだい？　今日は」

隠居が訊く。

「聖天《しょうでん》さんにお参りに行ってから、お団子でも食べるんだとか」

千吉が答えた。

浅草の待乳山《まっちやま》聖天だ。霊験《れいげん》あらたかだということで遠方からの参拝客も多い。

「いいね」

隠居が短く答えたとき、外から人の話し声が響いてきた。

「千ちゃーん」

真っ先に入ってきたのは、大松屋の跡取り息子の升造だった。

「ああ、升ちゃん」

千吉が笑みを浮かべる。

「お客さんを案内してきたよ」

「今日はうちの呼び込みなの？」

おちよが問う。

「いや、うちのお客さんをご案内してから寄ってみたんです。……どうぞ。こちらがのどか屋さんです」

身ぶりで客に示す。

おけいとおようがもう手に荷を持っていた。客は夫婦とおぼしい二人だ。

「いらっしゃいまし」

おちよが笑顔で出迎えた。

「世話になります」

初老の男がにこやかに言った。

「こちら、品川宿からいらしたそうで」

おけいが伝えた。

「品川宿から？」

千吉がすぐさま言った。

「そう。昼ご飯がまだだそうなんですけど」

おようが言った。

「軽めのものでいいんですが。夜は馳走になるかもしれないんで」

客が告げた。

「では、昼の膳にお出しした紅葉丼《もみじどん》をつくりましょう」

千吉が一つ手を打ってから言った。

「おう、そりゃいいな」

長吉が笑みを浮かべた。

紅葉丼は古参の料理人にもなかなかの好評だった。

客に部屋を選んでもらい、おけいとおようが運んでいった。品川宿から来た夫婦はそのまま座敷に上がった。

人慣れしている小太郎が尻尾を纏《まとい》のようにぴんと立て、「ようこそのお越し」とばかりに身をすりつけていく。のどか屋の座敷にさっそく和気が満ちた。

これから亭主が弟のもとを訪ねることになっているが、子だくさんで泊まるところがない。そこで、遅くなってもいいように先に旅籠だけ決めておき、心おきなく訪ねるという段取りだった。

「はい、紅葉丼膳、できました」

ややあって、千吉が言った。

「お運びします」

おようがてきぱきと動く。

紅葉丼は、初めはまかない料理だった。それを紅葉に見立てて紅葉屋で出すことを千吉が思いついた。

細かく刻んだ油揚げと斜め切りにした葱をだしでさっと煮て、ご飯の上に載せる。そこへ溶き玉子を投じ入れ、蓋をして蒸らす。頃合いを見て蓋を取れば、玉子はちょうど按配のいい半熟になっている。

そこへ刻んだ紅生姜を控えめに散らす。玉子の黄に紅生姜の赤、それに、葱の緑。彩り豊かに紅葉に見立てた丼だ。

香の物も、梅干しの赤、沢庵《たくあん》の黄、胡瓜《きゅうり》の緑と三色にそろえてある。すまし汁にも花麩を散らした心弾む膳だ。

「わあ、きれい」

客の女房が歓声をあげた。

「こりゃ華やかだな。紅葉に見立ててあるんだ」

亭主もうなる。

「それもあるんですが、この子が花板をやっているお見世の名が紅葉屋なので」

おちよが自慢げに千吉のほうを手で示した。

「紅葉屋は品川宿から移ってきたんです」

千吉がここぞとばかりに言った。

「えっ、田楽と蒲焼きの紅葉屋かい？　行ったことがあるよ」

亭主が驚いたような顔つきになった。

「さようですか。いまは上野黒門町のちょっと分かりにくいところにのれんを出してるんですが」

と、千吉。

「そうだったのかい。わたしは品川神社の氏子《うじこ》で、そちらのほうの寄り合いもちょくちょくあるから、品川宿の人たちに伝えておくよ」

うまい具合に糸がつながってきた。

「それは助かります」

時吉は軽く頭を下げてから千吉を見た。

「簡単な絵図を描いてお渡ししておきな」

「ああ、それがいいね」

隠居も言う。

「承知で」

千吉が二つ返事で請け合った。

「いま紙を持ってくるから」

おちよがきびきびと動いた。

ほどなく、紅葉屋の絵図が品川宿から来た客の手に渡った。

五

「おお、そうだ。頭金《あたまきん》を覚えたね」

与兵衛が笑顔で言った。

紅葉屋の座敷だ。鶴屋の隠居が将棋の指南をしているのは跡取り息子の丈吉だった。一の酉と二の酉だけ暇をもらったので、今日は紅葉屋にいる。のれんは出していないが、与兵衛は隠居所だからふらりと姿を現した。

ちょうどいいから、座敷の将棋盤を持ち出し、指し方を教えることにした。大根の漬け物の皮むきなどはいささか要領が悪く、叱られてしょげたりしていたが、もともと物覚えはいいほうだ。母のお登勢とともに駒の動かし方を教わり、見よう見まねで動かしているうち、少しずつさまになってきた。

「すごいね、丈吉。おっかさんはまださっぱり分からないよ」

お登勢が言った。

「若いうちに覚えたら、上達も早くなるからね」

与兵衛が言う。

「いずれそこで将棋を指すくらいの腕前になったら、お客さんが増えるかも」

お登勢が一枚板のほうを指さした。

「そういう見世は、江戸広しといえども、ほかにはないだろうからね」

と、与兵衛。

「亡くなった先代の丈吉も少しは指せたんです」

お登勢が言った。

「そうなのかい。だったら、おとっつぁんの血を引いてるかもしれないね。よし、今度はちょっと難しいぞ」

与兵衛は駒を動かし、次の詰《つめ》将棋をつくった。

まだ覚えたてで手数が長いものは無理だから、一手詰《いってづ》めだ。とはいえ、将棋はなかなかに奥が深い。一手詰めでもそれなりに難しいものはつくれる。

「さあ、持ち駒は何を使ってもいいぞ。この王様を詰ませてごらん？」

与兵衛は将棋盤を手で示した。

「えー、おっかさんはお手上げ」

お登勢は早々に白旗を挙げたが、丈吉はじっと盤面を見つめて思案していた。

そして、やおらある駒を取り上げて打った。

「そうだ。よく分かったね」

与兵衛は感心の面持ちで言った。

角《かく》の頭に桂馬《けいま》を打てば、一手で詰ますことができる。

ほめられた丈吉は、花のような笑顔になった。

「将棋の書《ふみ》はいろいろ持っているから、そのうちあげることにしよう。料理と一緒に学んでいけば、きっと物になるぞ」

鶴屋の隠居は言った。

「はい」

丈吉は素直ないい返事をした。

六

初めのうちは閑古鳥が鳴いていた紅葉屋だが、少しずつ客が増えてきた。

座敷の隅に将棋盤がもう一台置かれた。与兵衛ばかりでなく、重蔵も仲間をつれてきて、肴を味わいながら将棋を指すようになった。好敵手は絵付けの仕事で縁ができた陶工《とうこう》で、紅葉屋が気に入って仲間だけでものれんをくぐってくれるようになった。人と人の縁がつながれば、客はだんだんに増えていく。

そんなある日――。

紅葉屋がのれんを出すなり、待ち受けていたかのように五人の客がつれだって入ってきた。

「あ、いらっしゃいまし」

千吉がびっくりしたような顔で言った。

「いらっしゃいまし。お座敷へどうぞ」

お登勢が身ぶりをまじえて言った。

この人数なら、座敷はほぼ貸し切りだ。

「おう、久しぶりだな、おかみ」

客の一人が右手を挙げた。

「あっ、品川の紅葉屋で……」

お登勢は瞬きをした。

「おう、丈吉とは一緒に釣りもやったことがあるぜ。若死にしちまって気の毒だったな」

見憶えのある顔の男が言った。

「おいらも前の見世に行ったことがあるんだ。田楽がうまくてよ」

べつの客が笑みを浮かべた。

「ありがたく存じます。幸い、またのれんを出させていただきました」

お登勢がていねいに礼をした。

「横山町ののどか屋っていう小料理屋付きの旅籠に泊まった人から聞いてね」

座敷に上がった年かさの客が言った。

「おんなじ品川神社の氏子で、寄り合いのときに場所を事細かに教えてくれたんだ」

べつの客がわけを話す。

「うちの花板さんは、そののどか屋さんの跡取り息子なんですよ」

お登勢が千吉のほうを手で示した。

「へえ、そうなのかい」

「おのれの見世にはいねえんだ」

客の一人がいぶかしげな顔つきになった。

「酉の日だけうちはお休みなので、そのときは戻ってもらっています」

お登勢が言った。

「こちらの跡取り息子の丈吉ちゃんはまだ十で修業中なので、そのあいだはわたしが花板をやらせていただくことになってるんです」

蒲焼きの支度をしながら、千吉が言った。

「なるほどな。そりゃ、おめえさんの修業にもなるだろう」

「はい。そのとおりで」

千吉は白い歯を見せた。

「せがれの名前も丈吉なのか？」

先代と釣りをしたことがあるという客がけげんそうにたずねた。

「修業先がわたしの祖父がやっている長吉屋で、弟子はみんな『吉』名乗りをするんです」

千吉が答えた。

「それで、丈助だった名が父親と同じ丈吉になってしまったんですよ」

お登勢が笑みを浮かべた。

「そういうからくりか。なんにせよ、二代目が見世を継ぐのが楽しみだな」

「ええ。それを励みに気張っています」

お登勢は張りのある声で答えた。

「はい、蒲焼き上がりました」

千吉が厨から言った。

「ただいまお運びします」

お登勢が動く。

「続いて、田楽も焼きますので」

千吉が言った。

ほかの肴や天麩羅もできるが、まずは先代紅葉屋から受け継いだ料理だ。蒲焼きと田楽、これが紅葉屋の両大関になる。

「おお、昔食った味だ」

客の一人が顔をほころばせた。

「食えば分かるのかい」

「おう、たれの深さがよそと違うぜ」

嬉しい答えが返ってきた。

「わたしの父の代から、毎日注ぎ足しながら使ってきたたれですから」

お登勢が言った。

「だから深みがあるんだな」

「焼き加減もちょうどいいぜ、花板さん」

そう言われた千吉はいい笑顔になった。

「ありがたく存じます。田楽もまもなく焼けますので」

団扇で火加減をしながら、千吉は言った。

田楽の評判も上々だった。

「味噌の焦がし具合がいいじゃねえか」

「近場だったら、しょっちゅう来るんだがよ」

「品川からはちと遠いな」

「いや、だいぶ遠いぜ」

客の一人がそう言ったから、座敷に笑いがわいた。

「またどなたかに伝えていただければと」

お登勢が笑顔で言って酒を注いだ。

「おう、兄貴が近くに住んでるから言っといてやるぜ」

「おいらはかかあの実家《さと》が近えんだ」

そんな調子で、みな紅葉屋の口伝えを請け合ってくれた。

豆腐ばかりでなく茄子の田楽も出し、天麩羅を揚げた。仕上げに出した昆布締めの鯛茶まで、品川宿の客は紅葉屋の料理を喜んで平らげてくれた。

「また用をつくって来るぜ」

「どれもうまかったからな」

「腹いっぱいだ」

「存外に安いしよ」

だいぶ顔が赤くなった客たちが、支払いを終えて上機嫌で言った。

「ありがたく存じました」

お登勢が深々と腰を折った。

「またのお越しをお待ちしております」

十五の花板がいい声を響かせた。

第十章　五平餅《ごへいもち》と団子

一

しばらく経った酉の日——。

昼の膳を終えたのどか屋には千吉の姿があった。

紅葉屋が休みの酉の日にのどか屋にいるのはべつに珍しくはないが、千吉は何がなしに落ち着かないそぶりだった。

今日の昼の膳には紅葉丼を出した。のどか屋では初めてだが、客の評判は上々だった。

座敷に上がったいくたりかの客が上機嫌で話をしていた。

「両国橋の西詰へ行ってみてよかったな」

「おう。水豹《すいひょう》の見世物のうわさは聞いてたんだが、あそこでやってるとは思わなかったぜ」

「いいものを見られたな」

そんな話を耳にしたから、千吉はいささか浮き足立った。

水豹の見世物は、今年の夏の江戸で話題になっていた。相州《そうしゅう》の辻堂村《つじどうむら》で上がったものが見世物になったかと思うと、また江の島でも捕まったらしい。どうやらその水豹が、ついそこの両国橋の西詰で見世物になっているようだ。千吉がそわそわするのも無理はなかった。

「あの、呼び込みに行こうと思ってるんだけど」

おちよに向かって、千吉はおずおずと言った。

「ああ、お願い」

お産が近い二代目のどかをなでながら、おちよは答えた。

「で、必ずお客さんをつれてくるから、その前に水豹の見世物をと思って」

恐る恐る切り出す。

「わあ、水豹、見たい見たい」

今日はのどか屋番のおようが、やにわに声をあげた。

「それなら、わたしも見たいかも」

座敷の拭き掃除をしていたおけいも乗ってきた。

「だったら、先に見物してから呼び込みに行けばいい」

仕込みの手を止めて、時吉が言った。

「うん。半袢を着ていけば、小屋でも引き札（宣伝）になるから」

お許しが出た千吉は、急に明るい表情になって答えた。

「なら、お客さんをお願いね」

おちよが言う。

「承知で」

千吉は調子よく答えた。

二

木戸銭《きどせん》は思ったより高かったが、おけいがまとめて払って薄暗い小屋に入った。

客がつらなっていて、列はなかなか進まなかった。風が入らないから、いささか蒸し暑い。

「変な臭いがするね」

千吉の前に並んでいたおようが振り向いて言った。

「水豹の臭いかな」

千吉は声を落として答えた。

「あ、動いたよ」

うしろのおけいが言う。

ゆっくり前へ進んでいくと、ぱっと目の前が明るくなった。

「うわあ」

千吉が声をあげた。

「あっ、いた」

おようが指さす。

「鳴いたよ」

おけいが目を瞠《みは》る。

柵の向こうに大きな水桶がしつらえられていた。その中に、面妖《めんよう》な生き物がいた。

あう、あう、と妙な鳴き声をあげている。

「ほらよ」

見世物の男が小さい魚を投げた。

「あっ、食べた」

おようが身を乗り出した。

「魚を食べるんだ」

と、千吉。

「ずいぶん重そう。よく捕まえられたわね」

おけいが感心したように言った。

「結構食べやがるんで、えさが大変で」

そう言ってまた魚を投げる。

水豹はひれとも足ともつかないものを器用に動かし、魚をぱくりとくわえて胃の腑に落としていった。

「はいはい、おあとがつかえてるんで」

見世物の男が急かす。

もっと見たかったが仕方がない。三人は見世物小屋から出た。

「水豹見物のあとのお泊まりは、横山町ののどか屋へ」

千吉が明るい声を張り上げた。

背の伸びにともなっていくたびもつくり直した半裃には「名物たうふめし」「はたご小料理」と記されている。背はのれんと同じ「の」の一文字だ。

「おいしい朝の膳がつきますよ」

「名物は豆腐飯」

おようとおけいも声を響かせる。

水豹の見物を許してもらったあとの呼び込みだから、ことのほか気が入っていた。

その甲斐あって、泊まり客はさほど間を置かずに見つかった。

「ここから近いのなら、先に荷を預けてからまた来ればいいよ」

いちばん年かさの男が言った。

「そうですね。見世物小屋は逃げないから」

「芝居小屋もあるから目移りがするな」

若い男たちが言う。

「いいお部屋が空いておりますので」

千吉が笑顔で言った。

「では、ご案内します」

おようがかわいい身ぶりをまじえた。

三

のどか屋に泊まることになったのは、熊谷《くまがや》から来た客だった。

江戸見物の講《こう》を組み、昨日は板橋宿に泊まったらしい。

「板橋宿の仲宿においしいお団子の茶見世があるんですが、いらしたことは？」

おちよがさっそくたずねた。

おこうが嫁入りした茶見世だ。

「いや、ゆうべはだいぶ遅くて、まず宿を探したからね」

「いちばん近い上宿《かみしゅく》に泊まったんだ」

「なかなか見つからなくて難儀をしたから、今日は早めに荷を預けることにしたんで」

客はそう言って茶を啜《すす》った。

「呼び込みの前に見物してきたんですよ、水豹」

千吉が言った。

「これから行くんだから、何も言わないでおくれでないか」

年かさの客が指を口の前に立てた。

「そうそう、驚きが失《う》せるからね」

「聞くんじゃなくて、わが目で見たいから」

若い二人の客が和す。

「承知しました。では、お楽しみに」

千吉は笑顔で送り出した。


「そういえば、そろそろ行かないとね、おこうちゃんの茶見世」

客を見送ってから、おちよが言った。

「うん、行きたい。学びにもなるし」

千吉が真っ先に言った。

「なら、次の酉の日に行くか？」

時吉が水を向けた。

「のどか屋は休みに？」

おちよが訊く。

「小料理は休みで、旅籠だけにするしかないな」

時吉が答えた。

「あ、わたしがやりますから」

おけいがさっと右手を挙げた。

「助っ人もいますので」

おようも笑みを浮かべる。

「そうねえ。この子がお産をしたら、ほうぼうへ子猫を届けなきゃならないし、行くなら早いほうがいいかも」

ゆきと一緒に仲良く寝ている二代目のどかを指さして、おちよが言った。

「なら、もう決めてしまおう。次の酉の日だ」

時吉が手を打った。

「承知で」

千吉が打てば響くように言った。

四

幸い、いい天気になった。

次の酉の日、朝の膳を終えると、時吉とおちよと千吉はのどか屋を出た。

「ずいぶん久々ね、みなで出かけるのは」

おちよが言った。

「昔はこんなに歩けなかったから」

千吉が太腿を手でぽんとたたいた。

千吉は生まれつき左足が曲がっていて、ずいぶんと案じられたものだ。

「千住の先生のおかげだな」

時吉が言った。

骨接ぎとして有名な名倉《なぐら》の若先生が添え木のような療治道具を編み出してくれたおかげで、曲がっていた足はだんだんに治り、いまは嘘のように普通に歩けるようになっている。

「そのうちまたお礼に行かないと」

千吉が言った。

「そうね。花板にもなったんだし」

と、おちよ。

「手土産を提げてあいさつに行かないとな」

時吉も乗り気で言った。

かつては千吉を駕籠に乗せて、千住宿の骨接ぎまでいくたびも通っていた。千住大橋から望む富士のお山の姿が、なぜかだしぬけにありありと浮かんだ。

「このたびの手土産は鰹節でよかったかしら」

おちよが訊いた。

「ちょうどいい節が入ったし、みたらし団子のたれに隠し味として使っているはずだから」

時吉が答える。

「もしお見世で使ってなくても、いくらでも使い道はあるので」

千吉が言った。

「そうね。お浸しや冷奴や茄子焼きに削り節をかければおいしいから」

おちよが料理の名を挙げた。

「うどんにのせてもうまい。焼き飯にまぶすのもなかなかだ」

時吉も負けじと言う。

「ああ、なんだかおなかがすいてきた」

千吉が帯に手をやった。

「なら、どこかで食べていくか？」

時吉が問うた。

「うーん、でも、おこうちゃんの茶見世で食べなきゃならないし」

千吉が首をかしげた。

「そんなにおなかにはたまらないと思うけど」

おちよが言う。

「ま、とにかく板橋宿まで行ってみるか。良さそうな蕎麦屋でもあれば軽くたぐっていけばいい」

時吉が身ぶりをまじえた。

「そうだね」

千吉がすぐさま答え、いくらか足を速めた。

五

「ここいらは飯盛《めしもり》旅籠がもっぱらみたいだな」

板橋宿の下宿《しもしゅく》に入った時吉は、あたりを見回して言った。

江戸四宿のうち、唯一足を踏み入れたことがなかった宿場だから、目にするものが物珍しい。

「夜になると妖《あや》しく変わる界隈ね」

おちよがいくらかぼかして言った。

板橋下宿には、当時百人を超える飯盛女がいたと伝えられている。飯盛とは名ばかりで、内実は春を鬻《ひさ》ぐ女たちだ。

「良さそうなお蕎麦屋さんもなさそうだね」

千吉が言った。

「本陣のある仲宿へ行けば、いい見世がいろいろあるだろう」

と、時吉。

「おこうちゃんの茶見世も仲宿だから、寄り道せずに向かうのがいちばんね」

おちよが言った。

「そうだな」

「そうしよう」

話はすぐまとまった。

宿場がとぎれたかと思うと、ほどなくまたにぎやかになってきた。板橋宿の本丸とも言うべき仲宿だ。

「あっ、あれかしら」

おちよが行く手を指さした。

目印だろうか、大きな朱塗りの傘が開いている。その近くに緋毛氈《ひもうせん》を敷かれた長床几が据えられていた。客が二人座っている。

「あっ、おこうちゃんだ」

千吉が気づいた。

遠くからでも分かる山吹色《やまぶきいろ》の着物に格子柄の帯。髷には桜の簪を挿している。周りがぱっと明るくなるようないでたちだ。

向こうも気づいた。

「おまえさん、のどか屋のみなさんが」

おこうが若あるじの大助に言った。

「ああ、これはこれは、のどか屋さん」

大助は笑顔で手を振ると、屋根付きの見世のほうへ声をかけた。

「おとっつぁん、のどか屋さんが見えたよ」

それを聞いて、見世から甚五郎が出てきた。

「ようこそのお越しで」

茶見世のあるじが笑みを浮かべた。

「どうぞどうぞ。お三人なら、ちょうど座れますので」

おかみのおみよが長床几を手つきで示した。

雨が降っていなければ、見世の前の長床几に腰かけて、団子や茶などを味わうことができる。雲行きが怪しくなってきたら、軒《のき》の下へさっと片づけることができるから按配がいい。

団子などは見世でつくる。間口《まぐち》はいたって狭いが、貼り紙が出ているところをみると、団子の持ち帰りもできるようだ。

「どうもご無沙汰しておりました」

おちよが頭を下げた。

「やっと三人で来られました」

時吉が白い歯を見せた。

「楽しみにしてきたんです。これはお土産の鰹節です」

千吉は包み隠さず言った。

「それはそれは、ありがたく存じます」

おみよが頭を下げて受け取った。

「はい、五平餅と冷たい麦湯、お待たせしました」

おこうが緋毛氈の客に運ぶ。

「おっ、来た来た」

「こりゃうまそうだ」

脚絆《きゃはん》を巻いた客が受け取った。

「へえ、五平餅を出されてるんですか」

おちよが瞬きをした。

「ええ。亡くなった母が美濃《みの》の生まれで、つくり方を教わっていたものですから。まあお座りください」

おみよが手つきで示した。

「試しにつくってみたら評判が良かったので、毎日出すようにしてるんです」

持ち帰り場から甚五郎が言う。

「香ばしくておいしいですよ」

おこうも笑みを浮かべた。

せっかくだから、五平餅をいただくことにした。ほかの客がおいしそうに呑んでいた冷たい麦湯を合わせる。それに加えて、千吉は餡団子、時吉とおちよはみたらし団子を頼んだ。

「元気そうね、おこうちゃん」

品ができるまでのあいだに、おちよが声をかけた。

「おかげさまで。実は……」

おこうは大助のほうを見た。

「ややこができたようで」

若あるじが笑顔で告げる。

「まあ、それはそれはおめでたく存じます」

おちよが晴れやかな表情で頭を下げた。

「おめでたいことで」

時吉も和す。

「わあ、すごいね」

千吉は嬉しそうな顔つきで言った。

「はい、お待たせいたしました」

ほどなく、品が運ばれてきた。

幅が広めの杉板にわらじ型にまとめた餅を張りつけ、胡桃《くるみ》味噌をたっぷり塗って香ばしく焼く。砂糖も入っているから、思わず顔がほころぶ味だ。

「おいしいっ」

千吉が大きな声をあげた。

ほかの客が思わず振り向いたほどだ。

「元気がいいな」

「おいらは二本食ったぜ」

茶見世で隣り合わせた客が言った。

「うちも客あきないなので」

千吉がそう答えて、またわしっと五平餅をかじった。

「うちってどっち？　……ほんとに香ばしいわ」

おちよが笑みを浮かべる。

「ちょっと焦げてるところがうまいのは田楽と同じだな」

時吉がうなずいた。

「えーと、跡取りだから……旅籠の付いた横山町の小料理のどか屋へ」

千吉は如才なく言った。

「料理も出す旅籠かい？」

「さっき出てきた上宿の旅籠もそうだったがよ」

「それでまた食ってるんだから世話ねえや」

「仕方ねえさ。いい匂いがしてきたんだからよ」

先客がそう言って、みたらし団子を口に運んだ。

「うちの名物は豆腐飯です。その旅籠はどんな料理を出すんです？」

千吉がいくらか身を乗り出した。

「上宿の豊島屋《としまや》は茶漬けが有名でよ」

「鰻茶と梅茶、どっちも『う』がつく茶漬けが両大関さ」

「うめえもんの『う』だそうだ」

先客はそう伝えた。

「なら、あとで行ってみましょうか、おまえさん」

おちよが水を向けた。

「そうだな。上宿だったら、帰りにまたここへ寄れる」

時吉が長床几をぽんとたたいた。

「今日はお泊まりではないんですか？　……はい、みたらしで」

おみよが次の皿を運んできた。

「餡もまもなく上がりますので」

甚五郎が声をかけた。

「ほかの手伝いの人に任せて、旅籠だけはやっているものですから」

おちよが答えた。

「明日の朝の膳をお出ししなければなりませんので」

時吉がそう言ってみたらし団子に手を伸ばした。

「みんな、お達者ですか？」

おこうが問う。

「ええ。おそめちゃんはこのあいだややこを連れてきて。達者そうで」

おちよが答えた。

「それはよかった」

と、おこう。

「おけいちゃんも元締めさんもご隠居さんも、みんな達者にしてるので。おこうちゃんにややこができると伝えたら、きっと大喜びよ」

おちよが言うと、おこうの顔がぱっと輝いた。

ほどなく餡団子も来た。

「わあ、おいしい」

千吉が破顔一笑する。

「みたらしも餡の味が深いな。これは鰹だしを使っていますか」

時吉が甚五郎に問うた。

「ええ、隠し味に」

あるじが答える。

「鰹節をお土産にしてよかったわね。お団子も、もちもちしてておいしい」

おちよが笑みを浮かべた。

「なら、帰りにみたらしも食べるよ」

千吉が言った。

「団子のつくり方の勘どころも教わらないとね。前におまえがつくったのはいま一つだったから」

時吉も言う。

「ええ。お願いします」

千吉が頭を下げた。

「お安い御用で」

と、甚五郎。

「お待ちしています」

おこうが笑顔で言った。

六

上宿の豊島屋は存外に大きな構えだった。

門があり、屋号の入った提灯まで出ている。

「聞いてこなかったけど、お食事だけできるかしら」

おちよがいくらか案じ顔で言った。

「駄目なら引き返せばいいだけだから」

千吉が軽く言った。

「なら、おまえ訊いてこい」

時吉がうながす。

「承知で」

跡取り息子はさっと動いた。

ほどなく、千吉は案内の娘とともに戻ってきた。

「食事だけでもいいって」

「どうぞお座敷へ」

娘が愛想よく言った。

案内された座敷からは、松が美しく手入れされたすがしい庭が見えた。

品書きは呑みものを除けば、鰻茶と梅茶、それに、鰻の蒲焼きと肝吸いだけだった。

いたってさっぱりしたものだ。

「では、わたしは梅茶で」

おちよがまず言った。

「なら、鰻茶」

千吉が手を挙げる。

「同じにしておこう」

時吉が続いた。

「承知しました。少々お待ちくださいまし」

娘が一礼して下がっていった。

ややあって、おかみとおぼしい女が娘とともに盆を運んできた。顔が似ているから実の母と娘のようだ。

「お待たせいたしました」

蓋付きの椀に入った茶漬けと箸休めの香の物を置く。黒塗りの匙も抜かりなく添えられていた。

「ありがたく存じます。落ち着くお座敷ですね」

おちよが笑みを浮かべて言った。

「はい。夜はお泊まりの部屋にもできますし、朝もこちらで」

おかみが答えた。

「朝はどういうものを出してるんです？」

千吉が少し身を乗り出して問うた。

「朝から鰻では重いですから、焼き魚や豆腐や味噌汁といったごく当たり前のもので」

と、おかみ。

「当たり前がいちばんですからね」

時吉が言った。

「では、ごゆっくりどうぞ」

座敷の隅にいた先客が手を挙げたから、おかみはそう言ってすっと立ち上がった。

「……うちの豆腐飯の話をしようかと思ったのに」

千吉が小声で言った。

「はは、無理に言わなくったっていいさ」

時吉は笑みを浮かべた。

豊島屋の茶漬けにはこまやかな心遣いがあった。

細かく砕いたあられを振りかけてあるのだ。さらに、山葵も添えられている。

「お茶漬けもおいしいけど、あられが香ばしくておいしいわね」

おちよが満足げに言った。

「嚙み味が違ってくるからね」

箸を止めて千吉が言う。

「鰻に山葵をのせたら、ちょうどいい按配だ」

時吉がうなずいた。

茶にもご飯にも非の打ちどころがなかった。これなら茶漬けだけを食べに足を運ぶ客も多いだろう。

「ああ、おいしかった。ほんとはこのまま泊まりたいところだけどねえ」

大きな梅干しが二つ載った茶漬けを平らげたおちよが座敷を手で示して言った。

「うちのお客さんがお待ちだからね。足は大丈夫か」

時吉は千吉に訊いた。

「立ち仕事で鍛えてるから」

そう言いながらも、千吉はひざを少し手でさすった。

「まあ、休み休み戻っても、なんとかのどか屋には着くから」

おちよが言う。

「なら、まずおこうちゃんの茶見世で。団子を教わらなきゃ」

と、千吉。

「そうだな。五平餅はつくったことがないから、胡桃味噌の割りを教わって帰ることにしよう」

時吉は言った。

七

仲宿の茶見世まで戻ってみると、持ち帰り場の前にわらべがいくたりか並んでいた。

「ただいま戻りました」

おちよがあいさつする。

「そろそろ見世じまいが近いので、団子の値引きを始めたところです」

おかみが答えた。

「へえ、それで列が」

千吉が呑みこんだ顔つきになった。

「はいはい、一人ずつね」

おこうがわらべたちを並ばせる。

「おいしい餡団子だよ。落とさないでね」

甚五郎が笑顔で渡していく。

それが一段落したところで、のどか屋の三人はまた長床几に座って注文をした。千吉はみたらし、おちよは餡、時吉は舌だめしを兼ねた再びの五平餅だ。

ゆっくり味わったあと、五平餅の胡桃味噌の割りについてたずねたところ、甚五郎は快く教えてくれた。

千吉は団子の勘どころを教わった。上新粉《じょうしんこ》は熱湯で、白玉粉《しらたまこ》はぬるま湯でそれぞれこねてから合わせるのが骨法らしい。さらに、みたらしの餡のつくり方まで、事細かにていねいに伝えてくれた。

「これは砂糖を抜いたら豆腐のあんにもなりそう」

千吉が言った。

「ああ、なるほど、あんかけ豆腐ね」

と、おちよ。

「秋には茸のあんかけ豆腐がいいかな」

千吉が案を出した。

「花板さんはいろいろ思案するのね」

おこうが笑みを浮かべる。

「そりゃあ、どこへ行っても学びだから」

千吉も笑顔で答えた。

名残は惜しいが、板橋宿を離れてのどか屋へ帰るときがやってきた。

「なら、お達者で。いいややこを産んでね」

おちよがおこうに言った。

「無理をしないように」

時吉も言葉をかける。

「ありがたく存じます。無事生まれたら、文を書きますので」

おこうはそう言って、帯に軽く触れた。

「またお越しくださいまし」

「次は孫が増えておりますので」

茶見世のあるじとおかみがにこやかに言った。

みなに見送られ、のどか屋の三人は帰路についた。

いくらか歩いたところで振り向くと、茶見世の人たちはまだ手を振っていた。

「達者でねー」

千吉も振り返す。

「千ちゃんもね。また行くからね」

おこうが声を張り上げた。

「待ってます。こちらからも、また行くよー」

千吉も精一杯の声を出した。

終章　力稲荷《ちからいなり》と福ちらし

一

「えらかったね、のどか」

おちよが茶白の縞猫の首筋をなでてやった。

二代目のどかがごろごろとのどを鳴らす。

そのおなかに子猫たちが群がり、しきりにお乳を呑んでいた。

「取り上げるのは、おっかさんに悪いようですが」

首から頭陀袋《ずだぶくろ》を提げた男が言った。

力屋のあるじの信五郎だ。これからのどか屋の福猫を一匹、見世へつれて帰るところだった。

「いえいえ、もらっていただかないと、うちが猫だらけになってしまいますから」

おちよが笑う。

二代目のどかが無事お産をするように、初代のどかを祀《まつ》ったのどか地蔵に毎日お参りしていた。その甲斐あって、二代目のどかは気張って五匹の子を産んだ。一匹は残し、あと四匹を分けてもらってもらうという肚《はら》づもりだ。

「みなおんなじ柄《がら》なので笑ってしまいましたが」

時吉が厨から言った。

「こいつの子は黒猫がいたり、尻尾が纏みたいな猫がいたりさまざまだがね」

隠居がちょうど通りかかったゆきを指さした。

「うみゃ」

尻尾に黒い柄のある白猫が、なんだにゃとばかりに短くなく。

「茶白はのどか屋伝統の色だから」

元締めが笑みを浮かべた。

「茶色は十手の房の色でもあるしね」

と、隠居。

「なら、それにちなんだ料理でもいかがです？」

力屋のあるじが水を向けた。

「のどかの色なら……やはり稲荷寿司でしょうか」

時吉がいくらか思案してから答えた。

「いまつくってるのはだいぶ違うね」

元締めが指さす。

寿司は寿司でも、鰹の手こね寿司だ。

醤油と味醂を合わせたたれに鰹の切り身を漬け、寿司飯に入れた豪快な料理で、もとは伊勢《いせ》の漁師飯だったと伝えられている。ここに刻み海苔と白胡麻、大葉に茗荷を加える。いくらでも胃の腑に入るうまい寿司だ。

「力屋さんにもらわれていくんですから、そちらで何かいかがでしょう」

おちよが身ぶりをまじえる。

「はは、そうですか。なら、うちのお客さんに合わせて、大きな稲荷寿司でも出しましょう」

信五郎が乗り気で言った。

「いいですね。具がたくさん入った、力の出る稲荷寿司」

と、おちよ。

「なら、具は為助たちとも相談して、力稲荷ということで」

力屋のあるじが名を決めた。

めでたいことに、娘のおしのと京から来た婿の為助とのあいだにややこができ、みなで力屋を盛り上げている。このあいだ、ややこを見せがてらのどか屋ののれんをくぐってくれたが、みないい顔色をしていた。

力屋には、このほかに看板猫のぶちがいた。もとはのどか屋の猫で、やまとという名だったが、ゆくえ知れずになったと思ったら力屋に居着いていた。のどか屋にとっては、力屋は古い猫縁者だ。

みなにかわいがられて安楽に暮らしていたもとやまとのぶちだが、どうやら寿命が来たらしく、先だって大往生を遂げた。魚のあらなどをふんだんに食べていたから、恵まれた猫生だった。そのぶちの代わりにと、信五郎がいま子猫をもらいに来たところだ。

「では、選んでくださいましな」

お乳が一段落したところで、おちよが二代目のどかのほうを手で示した。

「承知しました。どれにするかな」

信五郎は一匹ずつ取り上げて品定めをしていた。

「こいつは雄《おす》だな」

じっと見て言う。

「雄だと子が増えませんからね」

と、おちよ。

「よし、おまえにしよう。面構えも気に入った」

信五郎はそう言うと、いっちょまえに口を開けてなく様子をした子猫を頭陀袋に入れた。

「かわいがってもらうんだよ」

おちよが声をかける。

狭いところに入れられた子猫は、また抗うように口を開けた。

二

次のもらい手は、大和梨川藩《やまとなしがわはん》の勤番の武士たちだった。

「猫侍《ねこざむらい》を頂戴しにまいりました」

分厚い眼鏡をかけた寺前文次郎《てらまえぶんじろう》が倹飩箱《けんどんばこ》をかざした。

のどか屋へ宿直《とのい》弁当を折にふれて頼みに来る常連で、碁の名手だ。

「このたびは他藩から頼まれた猫侍も」

もう一人の容子《ようす》のいい武家が、家紋の違う倹飩箱をかざす。

こちらは杉山勝之進《すぎやまかつのしん》、すらりと背筋が伸びた剣の達人だ。

のどか屋の猫は福猫であるばかりか、鼠《ねずみ》をよく取ってくれる。そんな評判が立ったから、時吉が磯貝徳右衛門として禄《ろく》を食《は》んでいた大和梨川藩ばかりでなく、近くの藩からもぜひ猫侍をという話が舞いこんだ。

「それはほまれですね」

時吉が白い歯を見せた。

「どちらの藩です？」

おちよがたずねた。

「美濃前洞《みのまえぼら》藩という小さい藩で」

杉山勝之進が答えた。

「うちとええ勝負で上屋敷が隣なんで、わりかた仲がよろしいんですわ」

寺前文次郎が訛りをまじえて言った。

そんなわけで、二代目のどかが産んだ二匹の子猫は、二つの藩の猫侍に取り立てられることになった。

「一匹は手元に残すからね。そんな顔しないで」

子猫たちを取り上げられて不満げな二代目のどかに向かって、おちよが言った。

「もう一匹はどちらへ？」

杉山が問うた。

「それはまだ決まってないんですけど、そのうち見つかるでしょう」

おちよは笑みを浮かべた。

「うちはかかあが猫にさわるとくしゃみが出やがるそうで」

座敷に陣取っていた湯屋のあるじが言った。

「おいらも世話するのが面倒だから」

野菜の棒手振りの富八が言った。

「岩本町は、『小菊』のみけちゃんがまだ達者ですからね」

おちよが言う。

みけものどか屋に飼われていた猫だ。先の大火のあとも家に未練がある様子だったので、のどか屋と同じ場所で見世開きをした「小菊」の看板猫になって久しい。

「では、いただいてまいります」

杉山勝之進がいい声を発した。

「どうかよしなに」

おちよが頭を下げた。

「働くんだぞ、猫侍」

最後に、時吉が笑って言った。

三

残るもう一匹の引き取り手は、しばらく経って意外なところから現れた。

手を挙げたのは、のどか屋の客でも知り合いでもなかった。

意外なことに、跡取り息子の千吉だった。

花板とはいえ雇われているだけだから、紅葉屋のおかみのお登勢、なにより隠居所としても使えるようにと始めた与兵衛の許しを得なければならないが、「のどか屋の福猫なら」と幸いにもお許しが出た。

このたび最後に預ける子猫だからと、おちよが千吉とともに運んでいくことにした。

「はいはい、いい子ね」

蓋付きの籠に入れて運ぶ途中、心細いのか怖いのか、子猫はしきりにみゃあみゃあないた。

「大丈夫だからね」

千吉も声をかける。

「無理もないわ。西も東も分からないうちに知らないところへつれていかれるんだから。はい、よしよし」

おちよは籠をゆすった。

「名はほかの人とも相談だけど、三代目ののどかがいいかなと」

千吉が案を出した。

「おんなじ柄だからね」

と、おちよ。

「のどか屋だと、おっかさんの二代目のどかがいてまぎらわしいから」

「二代目、三代目と呼ぶわけにはいかないし」

「紅葉屋だったら、ほかにのどかはいないので」

千吉が笑みを浮かべた。

子猫はその後もなきどおしだった。

「お、もらい猫かい？　よくないてるな」

すれ違った人が声をかける。

「わたしが板前をやってる見世で飼うことにしたんです」

千吉が答えた。

「そうかい。若い板前さんだね」

「まだ十五で頼りないいんですけど」

おちよが言った。

「きっと福猫になってくれると思います」

千吉が笑顔で言う。

「はは、そりゃ楽しみだ。大事にしてやんな」

「はい」

そんな調子で町の注目を集めながら、子猫はようやく上野黒門町の紅葉屋に着いた。

「お疲れさまでございました」

お登勢が出迎えた。

「はい、おうちに着いたよ」

おちよが籠に向かって言う。

「ここがおうちだからね」

千吉も語りかけた。

「この子は猫の世話に慣れてるので、後架《こうか》（便所）などもちゃんと按配するでしょうから」

おちよはお登勢に言った。

「では、任せることにします。どんな子かな？」

お登勢は籠をのぞきこんだ。

「じゃあ、お披露目で」

千吉が蓋を取り、籠を斜めにした。

「わあ、元気」

ぴょんと飛び出してきた子猫を見て、お登勢は声をあげた。

飛び出したのはいいものの、勝手が違うのか、猫は急におじけづいた様子になった。

「はいはい、よろしくね」

お登勢が腰をかがめて言った。

その様子を見たおちよはほっとする思いだった。千吉が先走りして話を決めてしまったが、お登勢が不承不承だったら困る。千吉がいずれのどか屋に戻ったら、猫はお登勢が飼うことになるのだから。

しかし、これなら大丈夫だ。

「福猫になるんだよ、のどか」

千吉が声をかけた。

子猫は細い声で「みゃ」とないた。

四

風が秋らしくなってきたある日――。

だいぶ猫らしくなってきた子猫を、母猫の二代目のどかが愛《いと》おしそうにぺろぺろとなめていた。

「やっぱり親子ね」

おようの母のおせいが言った。

今日はつまみかんざしの届け物のついでに立ち寄ったらしい。

「一匹だけ残った子猫だから、ことに愛おしいのかもしれませんね」

おちよが言った。

「そのあたりは、人も猫も同じだね」

一枚板の席に陣取った隠居が言う。

「でも、血がつながってないのに、ちのもなめてましたよ」

千吉が厨から言った。

今日は酉の日だからのどか屋にいる。おようも当番で入っているからにぎやかだ。

「ちのちゃんになめられたら長生きするわ」

おちよが笑った。

「だったら、わたしもなめてあげようかね」

隠居がそう言ったから、同じ一枚板の席に座った元締めの信兵衛と力屋のあるじの信五郎がどっと笑った。

「それは猫も遠慮するかもしれません」

手を動かしながら、時吉が言う。

「はは、そりゃそうだね」

と、隠居。

「うちのやまともすっかりなじんで、お客さんにかわいがられていますよ」

信五郎が言った。

「それはそれは。やまとがべつの柄の猫になって戻ってきたみたいで」

　おちよが感慨深げに言った。

　のどか屋ゆかりの猫ということで、ぶちの旧名のやまとを継ぐことになった。こちらも二代目のようなものだ。

　猫の毛色に合わせて出した力稲荷も好評のようだ。なにしろ、赤子の顔くらいもある稲荷寿司だ。胡麻を散らした寿司飯がたっぷり入っているから、食せばいかにも力が出そうだ。

「では、お茶もいただいたし……」

　座敷のおせいが腰を上げた。

「もう少しで五目《ごもく》ちらしができあがりますよ」

　千吉があわてて言った。

「そうそう。せっかく千吉さんが気合を入れてつくったお料理だから」

　おようも和す。

　その髪には、めずらしい鶴のつまみかんざしが挿してあった。首のところに愛嬌があってかわいらしい。

「うん、じゃあ、いただいていこうかな」

おせいが座り直す。

「ぜひそうしてくださいまし」

おちよが笑顔で言った。

「あっ、来た」

おせいに子猫がひょこひょこと近づき、ぴょんとひざに飛び乗った。

「福が来たね」

隠居がすかさず言った。

「ちょうど言いやすいからいいですね」

力屋のあるじが言う。

「呼びやすいから助かります。ふく、ふくって」

おけいが笑みを浮かべた。

二代目のどかが産んだ子猫たちのうち、一匹だけ残った雄猫には「ふく」と名づけた。残り物には福がある、にちなんだ名だ。

「ほんとに福が来ればいいですね。うちにも、ゆかりのお見世にも」

おちよがややしみじみとした口調で言った。

「ほかの旅籠、ことに善屋は繁盛しているよ。のどか屋仕込みの豆腐飯が大好評だぞうだ」

元締めが嬉しそうに伝えた。

「それは何よりで。……よし、お出しするぞ」

時吉は千吉に言った。

「承知で」

跡取り息子がいい声で答える。

ほどなく、五目ちらしができあがった。

このあいだ、紅葉屋で注文の聞き違いがあり、鰻の蒲焼きが余ってしまったことがあった。仕方なく千吉が食べたが、これを使った料理ができればなお幅が広がる。

そこで、時吉と二人で思案していま出したのが五目ちらしだった。

寿司飯にまぜる具は、刻んだ鰻の蒲焼きに、細かく切った甘めの玉子焼き。これは錦糸玉子《きんしたまご》でも伊達《だて》巻きでもいい。

海老のそぼろをまぜるのが親子の工夫だった。背わたを取ってゆでた海老の身を細かく刻み、菜箸を同時に何本も使ってわっとかきまぜながら茹でる。ざるに上げて水気を切れば、風味豊かな海老のそぼろができあがる。

あとはみじん切りの生姜と青紫蘇、煎った白胡麻、小口切りの葱、刻んだ蒲鉾。これらを体裁よく散らせば、さわやかな五目ちらしの出来上がりだ。

「どうぞ、おっかさん」

　座敷にはおようが運んでいった。

「今日はお客さんだから」

「失礼いたしました、お客さま」

　おようがよそいきに改める。

「駄目よ、ふくちゃん」

　食べ物に興味を示した子猫をよけると、おせいはさっそく箸を取った。

「おお、これはうまいね」

　隠居がまず声をあげた。

「蒲焼きも海老のそぼろも活《い》きてますね」

　と、元締め。

「ほかの脇役もいい仕事をしてますよ。これはうちでは出せない料理だなあ」

　力屋のあるじが感に堪えたように言った。

　ふくはやはり母親のお乳がいいらしく、また身をすり寄せていった。

　しょうと小太郎はいつもの猫相撲を始めた。子猫はすぐ大きくなるから、そのうちふくも加わるだろう。

「残り物の蒲焼きに福があったというわけだから、料理の名は福ちらしでどうだい」

隠居が知恵を出した。

「あ、それ、いただきます」

千吉がすかさず右手を挙げる。

「では、師匠。ふくと福ちらしにちなんで、福が来るような発句を一句」

おちよがだしぬけに水を向けた。

「はは、相変わらずだね」

そう言いながらもまんざらでもなさそうな顔で、季川は矢立《やたて》を取り出した。

ややあって、支度が整った。

季川はうなるような達筆でこうしたためた。

　秋晴れや江戸にあまねく福来たる

「さあ、付けておくれ、おちよさん」

弟子のおちよに言う。

「えー、どうしよう……」

困った顔をしながらも、こちらも手ごたえがありげな様子で、おちよはおもむろに付け句を詠んだ。

のれんを出せるすべての見世に

「福が来るといいね」

千吉がおように言った。

同い年の娘がにこっと笑う。

「紅葉屋さんみたいに、いったんのれんをしまわなきゃならなくなっても、辛抱してやっていれば……」

「いまみたいにまたのれんを出して、常連さんが少しずつ増えて繁盛するようになったりするから」

おちよの言葉を、千吉が引き継いだ。

紅葉屋の座敷の将棋盤は三台に増えたらしい。筋のいい客が通って、料理を味わいながら将棋を指す。そんな見世になりつつあるようだ。

紅葉屋へ里子に出された三代目のどかは、初めのうちは将棋の駒で遊ぼうとしては叱られていたらしいが、このところは猫なりに心得て、きちんと前足をそろえて興味深げに見ているということだ。

「何事も辛抱ね。辛抱して、前を向いてあきらめずにやっていたら、きっと福が来る。たとえそれが、ささやかな福だったとしても」

おちよが言った。

「ささやかな福が何よりだよ」

隠居が温顔で言った。

「あれくらいの福がいちばん」

千吉が指さした。

母のお乳を充分に呑んだ子猫は顔を上げると、いっちょまえにしっぽを立てて歩いてきた。

「よろしくね、ふくちゃん」

おちよが笑顔で声をかけた。

通じたわけではあるまいが、子猫はいい声で「みゃあ」とないた。

[参考文献一覧]

田中博敏『お通し前菜便利集』(柴田書店)
畑耕一郎『プロのためのわかりやすい日本料理』(柴田書店)
志の島忠『割烹選書　酒の肴春夏秋冬』(婦人画報社)
志の島忠『割烹選書　春の料理』(婦人画報社)
志の島忠『割烹選書　冬の料理』(婦人画報社)
『一流料理長の和食宝典』(世界文化社)
『人気の日本料理2　一流板前が手ほどきする春夏秋冬の日本料理』(世界文化社)
野﨑洋光『和のおかず決定版』(世界文化社)
料理・志の島忠、撮影・佐伯義勝『野菜の料理』(小学館)
『和幸・高橋一郎の旬の魚料理』(婦人画報社)
松本忠子『和食のおもてなし』(文化出版局)

高井英克『忙しいときの楽うま和食』（主婦の友社）
野口日出子『魚料理いろは』（高橋書店）
飯田和史『和のごはんもん』（里文出版）
山本征治『日本料理龍吟』（高橋書店）

『復元・江戸情報地図』（朝日新聞社）
今井金吾校訂『定本武江年表』（ちくま学芸文庫）

ウェブサイト「白ごはん.com」
ウェブサイト「シェフごはん」

時代小説

二見時代小説文庫

十五《じゅうご》の花板《はないた》 小料理《こりょうり》のどか屋《や》 人情帖《にんじょうちょう》27

著者　倉阪《くらさか》鬼一郎《きいちろう》

発行所　株式会社 二見書房
東京都千代田区神田三崎町二‐一八‐一一
電話　〇三‐三五一五‐二三一一［営業］
〇三‐三五一五‐二三一三［編集］
振替　〇〇一七〇‐四‐二六三九

印刷　株式会社 堀内印刷所
製本　株式会社 村上製本所

落丁・乱丁本はお取り替えいたします。
定価は、カバーに表示してあります。

 ISBN978−4−576−19174−4
https://www.futami.co.jp/

倉阪鬼一郎

小料理のどか屋人情帖

シリーズ

以下続刊

剣を包丁に持ち替えた市井の料理人・時吉。
のどか屋の小料理が人々の心をほっこり温める。

① 人生の一椀
② 倖せの一膳
③ 結び豆腐
④ 手毬寿司
⑤ 雪花菜《きらず》飯《めし》
⑥ 面影汁
⑦ 命のたれ
⑧ 夢のれん
⑨ 味の船
⑩ 希望《のぞみ》粥《がゆ》
⑪ 心あかり
⑫ 江戸は負けず
⑬ ほっこり宿
⑭ 江戸前祝い膳
⑮ ここで生きる
⑯ 天保つむぎ糸
⑰ ほまれの指
⑱ 走れ、千吉
⑲ 京なさけ
⑳ きずな酒
㉑ あっぱれ街道
㉒ 江戸ねこ日和
㉓ 兄さんの味
㉔ 風は西から
㉕ 千吉の初恋
㉖ 親子の十手
㉗ 十五の花板

二見時代小説文庫